겨울로부터 봄

겨울로부터 봄

1판 1쇄 찍은날 2011년 3월 18일
1판 1쇄 펴낸날 2011년 3월 25일

지은이 노익상
펴낸이 정종호
펴낸곳 (주)청어람미디어

책임편집 윤숙형
편집 이현정 차경희 김희정
디자인 김세은
마케팅 김홍석 이수지
제작·관리 박정은
인쇄·제본 이펙피앤피

등록 1998년 12월 8일 제22-1469호
주소 121-895 서울시 마포구 서교동 409-1 본주빌딩 5층
이메일 chungaram@naver.com
카페 http://cafe.naver.com/chungarammedia
전화 02)3143-4006~8
팩스 02)3143-4003

ISBN 978-89-92492-96-6 03810
잘못된 책은 바꾸어 드립니다. 값은 뒤표지에 있습니다.

이 도서의 국립중앙도서관 출판시도서목록(CIP)은 e-CIP 홈페이지(http://www.nl.go.kr/cip.php)에서
이용하실 수 있습니다.(CIP제어번호: CIP2011001154)

겨울로부터 봄

글·사진 노익상

청어람미디어

| 차 례 |

예까지 이르는 동안 제법 긴 시간이 흘렀다.

높거나 낮은 산, 유유했던 강,

그리고 너르거나 좁은 들을 다닌 시간이었다.

걷거나 오르는 일이 철마다 반복되었고

물길을 만나면 순리라 여겨 따라갔다.

물론,

나루에서 강을 건널 때도 있었다.

하지만 물줄기를 따라 걷는 일이

물을 건너 질러가는 것보다 더 수월했다.

이를 알아갈 즈음엔 어느덧 삼십여 넌이라는 세월을 앞두고 있었다.

길로 나서면서 만날 수 있었던 건 생각보다 많았다.

신작로가로,

돌에 채이면서도,

납작하게 주저앉아 줄기를 내거나 망울을 맺은 온갖 푸새를 보았고

덤불 같은 곳에서

느닷없이 날아오르는 참새나 박새 같은 여린 새 무리도 만났다.

오르는 길에서도 예외는 아니었다.

무서워도 보이는 검은 숲을 따라 오르며

거대한 숲의 변화에 발길을 멈춘 적도 여러 차례였다.

이렇게 마주쳤던 시간은

젊은 날의 나와 동행해준 벗들에 다름 아니었다.

세상 속을 알아가는 데 적잖은 도움을 줬고

고비 때마다 나를 붙잡아 주기도 했다.

그러면서도 길가에서는,

또 다른 면에서 세상을 보는 태도를 갖게 하는 데

중요한 역할을 한 존재를 만날 수 있었다.

나로서는 큰 가르침이었고 지금 생각해도 커다란 행운이었다.

그것은 사람이었다.

사람에 대한 새로운 발견이었다.

그이들 주변과 자연환경이 어떻게 섞이는가를 살피는 일은

젊은 날의 나를 흥분시키기에 부족함이 없었다.

물질과 사람이 그 안에서 얽이며 빚어지는 갈등을

어찌 조절하며 풀어가고 적응하는지를 따라가던 과정은

단순한 다큐멘터리적인 흥미를 넘어

나를 철들게 했던 커다란 동력이었다.

이런 탐구와 취재는 그이들이 살아온 환경,

특히 가옥에 대한 관심으로 자연스레 옮겨가게 되었다.
그래서 지난 2010년 1월에 이를 정리해 출판한 것이
『가난한 이의 살림집』(『살림집』)이었다.
그이들의 이동과 이주의 역사를 가옥이라는 틀에 놓고
근현대의 헐벗었던 흔적들을 일부나마 살펴보려 했지만
부족함도 많았다.

이 책은 그 '집'에 살았던 이들이
부뚜막이나 블록 벽에 숨결로 그었던 분필 낙서 같은 이야기다.
각질 부스러기 떨어진
누런 비닐 장판바닥에 앉아 들었던 곡절이기도 하다.
『살림집』에 나왔던 차부집의 살진 아낙이 나오고, 급행 버스를 모는
기사가 제 딸을 안쓰럽게 여기는 내용이 도드라지는 점은 『살림집』 책
에 견주면 색다르다고 할 수 있다. 선창 잡부로 일하며 경미한 정신지
체를 앓는, 누가 봐도 처진 여인을 각시 삼은 중늙은이, 핏덩이를 두고
개가한 어미를 그리워하는 산골분교의 형제 이야기가, 꼭지마다 액자
형식을 띠며 풀려 나가는 것도 『살림집』 책과는 사뭇 다른 풍경으로 다
가가리라 믿는다. 고향을 등지고 갯가 바람으로 간척지 땅에 정착한 아
비를 그즈음 들어 이해하기 시작한 청년기의 아들과 아비의 파산으로
시골 할미 집에 맡겨져 적응해야만 하는 어린 계집아이의 이야기도 뒤
를 잇는다.

방바닥이나 길가에서 들었으되

이야기는 되도록이면 서늘함을 지키려고 애썼다.

하지만 그런 태도가 결코 만만한 일은 아니었다.

보따리를 수없이 싸고 풀었던

그이들 사연을 불러올 때마다,

찍은 필름을 가려낼 때마다,

어김없이 마주치는 문제였다.

지나치게 감성으로 흐른 문장이나

때로는 분노 어린 감정들을 털어내는 데

밤마다, 때마다, 철마다, 나는 큰 어려움을 겪어야 했다.

다시 한 번 나를 성장하게 했던 때도 바로 이 시기였다.

머릿속에 머물렀던 관념적인 고민들이

시나브로 사라지기 시작한 것이다.

현실에 정확하게 뿌리를 두는 생각들이

가닥으로 묶이며 갈래를 잡아나갔다.

'쌀밥을 목에 넘기는 게'

얼마나 준엄한 현실인가를 다시 한 번 깨닫게 된 건

이 무렵 얻은 커다란 진보요 진전이었다.

처지에 따라 밥알이 달리 씹힌다는 점을

그이들 현실에서 확인할 때도 마찬가지였다.

생활이 고단할수록,

까칠한 잡곡밥보다는

씹을수록 단내가 배어나는 흰쌀밥이

월등한 만족으로 다가간다는 사실을 확인할 때는

나도 모르게 진저리를 쳤다.

잠시나마 잊게 할지언정

그것은 모르핀 이상의 둘도 없는 단방약이었다.

언 발에 오줌 눌 수밖에 없는 현실을 비로소 이해하기 시작했고

받아들일 수 있었던 값진 순간이었다.

이는 눈에 보이고 만질 수 있는 구체적인 쌀 알갱이와 단맛이

더 효과적인 거라는 점을 분명한 시선으로 증명하는 것이었다.

그러면서도 어려운 문제가 있었다.

처지가 풀렸는데도 때때로 허기 어린 눈빛을 보이곤 했던 것이다.

날마다 술을 마시게 할 만큼 나로서는 풀기 어려운 문제였다.

문화생활 부재에서 오는 갈증인 줄로 알았다.

그것이 '그리움'의 문제라는 것을 알기까지

나는 꽤 많은 시간을 헛간 데 써야 했다.

제본선 선명한 신학기 참고서와 새 공책,

새 신발과 때때옷이 마련되었는데도

도저히 어쩌지 못했던 허기가 있다는 점을 알았을 땐
적잖이 당황할 수밖에 없었다.

그리움의 정체는 엉뚱하게도 피붙이였다.
가난한 처지도 모자라
피붙이와 박리剝離되거나 잃어버릴 때
어떤 결과로 나타나는지를 나는 간과하고 있었다.
항상 곁에 두어야 할 절대적 존재가 어느 순간
그리운 대상,
보고 싶은 대상으로 바뀌어버린
그 자작나무 껍질 같은 결들을 놓쳤던 것이다.

취재와 촬영으로 이어지는 여정은 그렇게 놓치기도 하고 느끼기도
하면서 하나의 궤를 형성해 나갔다. 까까머리 새끼를 정지 냄새, 행주 냄
새로 받아내던 어미들과, 우물마루는커녕 베니어판 툇마루도 갖지 못한
토방 흙바닥에서 젖을 물리던 어미 이야기도 이 취재를 하는 여정에서
어렵지 않게 들을 수 있었다. 그리고 식솔이라는 이름을 제 이마에 경처
럼 새기며 이주를 결심했던 아비들 이야기에선 어떤 결기 같은 것도 느
껴져 절로 두 주먹이 쥐어지기도 했다. 그러다가 내 또래 형, 누나들이
삼등 기차간에 희망을 실었다며 '캬—아' 쇳소리를 내며 소주잔을 입에
털어 넣을 땐, 나도 모르게 환호성이 튀어나오는 벅찬 감동도 맛보았다.

그러면서 아쉬움이 남는 부분도 적지 않았다. 가족이라는 깃털 같은 품으로, 가난에서 오는 아픔을 수렴해내던 시대가 점점이 사라지는 게 눈에 보일 때는 나도 모르게 탄식이 베어 나왔다. 그 무엇도 할 수 없다는 패배감이 밀려오던 시간이었다. 우리들의 지난 가족사처럼 가난할수록 보듬으며 맺어지는 모습을 보기 어려워진 것도 채울 수 없는 갈증이었다. 도리어 흩어지는 모습이 유형화된 모습으로 비춰지기까지 할 때는 내가 하는 일에 대한 자괴감마저 들 지경이었다.

이 책은 1980년대 후반부터 1990년대 후반까지 만난 이들을 2000년 후반께 글로 드러낸 것이다. 지극히 단편적인 한순간의 상황을 창호지처럼 얇은 두께로 표현했지만, 행간에 녹아 있는 세월의 더께를 독자는 어렵지 않게 헤아릴 줄로 믿는다. 짧지 않은 이 시간 동안 여기에 나온 많은 이들이 유명을 달리했다. 몇 되지 않은 조문객에게 육개장 한 그릇 못 내고 죽은 이가 있었는가 하면, 심지어 행려로 처리되어 도립병원에서 눈을 감은 이도 있었다. 그러면서도 아리따운 이를 만나 가정을 이룬 취재 당시 아이도 만나 저간의 형편을 들으며 술잔을 기울이던 시간도 있었다.

그이들이 갈음하며 밟았던,
먹을 것을 찾을 대상으로 오로지 여겨 바라봤던 이 국토가
선연히 눈앞에서 지평으로 다가와 있는 느낌이다.

이제 이 여정도 어느덧 중반을 훌쩍 넘어섰다.

별 탈이 없다면 걷거나 오르는 일은 내일도 이어질 것이다.

수월하게 물길을 따라 걸었던 사람들이 있었는가 하면

강을 건너는 일도 모자라

저 고개까지 넘어야 했던 이들이

내 삶과 한데 섞여 살았다는 게 지금 이 순간,

그렇게 새삼스러울 수가 없다.

항상 곁에 두어야 할 이가 느닷없이

그리운 대상으로 바뀐 이들에게 이 책을 바친다.

춘천에서

노 익 상

비행기

파도에 실려오는 미역을 건지려면 꽤 오랜 시간 바다에서 파도와 마주해야 했다. 그렇게 양동이가 반쯤 찰 무렵 나는 할미를 따라 집으로 돌아왔다. 문을 열고 들어섰을 때, 여지없이 할미는 '개-야~' 하고 불렀고 나는 그 소리를 들으며 하늘을 올려다보았다. 마침 비행기가 어긋나게 날고 있었는데 눈이 시릴 만큼 파란 하늘로 날아가는 비행기를 쳐다보며 나는 할미가 들려준 남편 이야기를 떠올렸다. 그것은 파란 하늘과도 썩 어울리는 생각이기도 했다. 그리고 이따금 미역을 건져내는 할미와 비행기를 번갈아 생각하며 지난한 제 처지에도 직수굿하게 살아온 할미가 새롭게 여겨졌다.

일자리를 잃고 낙향한 한 도회인을 나는 그 무렵 만나고 있었다. 그이 아비가 마침 민박을 꾸리고 있어서 숙소 문제도 해결되었던 순탄한 취재였다. 여태 하던 일을 잃고 다시 새로운 것을 모색한다는 게 얼마나 어려운가를 그이를 만나는 과정에서 실감할 수 있었다. 그 기간 동안 나는 민박집에서 한 마장쯤 떨어진 곳까지 달리는 운동을 빼놓지 않았다. 그리고 파랑 주의보가 내리고 선거 벽보가 붙은 날 '터닝 포인트'로 지정한 해안가에서 할미를 처음 보게 되었다.

비릿한 바다냄새가 여태 대들다가, 고샅으로 들어서자 꽃향기가 미쳐왔다. 신기한 변화였다. 바람에 실린 것이었고, 그것은 바다에서 느낀 상큼함과는 사뭇 달랐다. 마을로는 이미 벗나무와 목련, 개나리가 제 세상인 양 흐드러져 있었다. 골목길

할미를 만나려면 큰 산을 겹겹이 넘어야 했다. 나는 그럴 적마다 '우리나라는 칠 할이 산'이라는 흔한 말이 결코 빈말이 아니라는 걸 느낄 수 있었다. 이 검문소는 그 산길 깊숙한 곳에 있었다. 울진 삼척 공비 침투 사건이 나면서 만들어졌다고 했고 군사지식이 없는 이가 봐도 매우 중요한 '목지점'처럼 보였다. 이곳을 통과할 때면 물을 얻거나 용변을 보기도 했는데, 그 와중에 이곳이 한때는 금광으로 번성했던 사실도 알게 되었다. 취재 대상에 넣을 만큼 충분한 이야깃거리가 많았던 점은 고생 끝에 덤으로 얻은 기쁨이었다. 그래서 할미를 만나러 가거나 올 때면 부지런히 얼굴을 내밀었다. 금광에 몸담았던 이와, 떠나간 그이들의 사연과 뒷이야기는 지금도 진행중이다.

갈퀴는 산에서 꺾은 소나무 가지를 썼다. 대체로 오 미터 남짓한 장대에 잔가지가 여럿 난 소나무를 잘라 묶었다. 잔잔한 바다에서는 먼바다에서 밀려오는 미역을 건져내기 어려워 바람이 부는 날을 골라 바다에 나갔다.

담장 밑으로도 꽃다지와 민들레가 꽃을 피웠고, 풀꽃이 노란 빛깔로 번지는 주위엔 벌써 벚나무 같은 여린 꽃잎들이 바람에 날리고도 있었다. 꽃을 바라듯, 할미는 꽤 여러 날 그렇게 바람을 기다렸다.

지난밤 파랑 주의보가 내려졌다. 여울성은 아니었다. 하지만 일 톤이 채 안 되는 작은 배는 바다에 나갈 수 없는 그런 바람이었다. 그러니까 아침 무렵, 어느 정도 파도가 수그러들면서 할미는 바다로 나섰다. 뭍과 파도가 서로 양보 없이 만나는 경계에서 할미는 마치 전사 같았다. 완연한 봄기운이라고는 했지만 그래도 바닷바람은 매운 것이었다. 파도는 할미 키만 한 것부터 아이들 어깨에 이르는 것까지 일정한 간격을 두고 다가왔다. 눈여겨본 것은, 어른 키만 한 파도가 지쳐올 때였다.

파도가 치면 여태 없던 것들이 먼바다로부터 밀려왔다. 나뭇가지나 쓸모를 다한 스티로폼 따위가 대부분이었지만 연안에서 휩쓸려온 미역 줄기도 간혹 눈에 띄었다. 파도가 심한 겨울에서 봄철이 이 미역을 건져 올릴 제철이었다. 할미는 바람이 잦아드는 이즈음 들어 바다보다는 밭으로 나가는 일이 더 많아졌다.

할미가 지내는데 당분간은 어려움이 없어 보였다. 거친 파도에 맞서는 체력부터 남달라 당뇨, 고혈압 같은 질환이 없어서였다. 그러나 중요한 것은 다른 데 있었다. 홀로 바다에 나가고 홀로 밥을 먹으며 홀로 잠자는, 그 '홀로'가 문제였던 것이다. 이는 비빔밥을 먹을 때나 마당으로 들어서며 '개─야'를 부를 때 어쩔 수 없이 드러나기도 했다.

할미는 두어 걸음 물러서며 갈퀴가 달린 긴 나무 장대를 몰려오는 파도의 심장쯤 되는 곳에 힘 있게 꽂았다.

처음엔 할미가 비빔밥을 무척 좋아한다고 생각했다. 이틀에 두 끼쯤을 비벼 먹었는데 삼십오륙 년 가까운 세월을 그렇게 했다는 말을 들으면서였다. 비빔밥은 나도 좋아하는 음식이어서 이야기를 들을 땐 절로 군침이 돌기도 했다. 고사리나 도라지, 그리고 시금치 같은 나물이 알맞게 들어가고 달걀부침이 올려진 비빔밥은 생각만으로도 허기를 불러와 더 그랬다. 그러나 비빔밥에 대한 나의 맘은 그리 얼마 가지 않았다. 정지 부뚜막에 놓인 베니어로 짠 찬장을 열어보면서, 삼백 리터 냉장고 안을 엿보면서였다.

할미가 내리치는 장대에 급소를 맞은 파도는 힘없이 햇볕에 부서졌다. 사람이 다치면 빨간 피를 쏟지만 파도는 하얀 피가 나온다는 점이 좀 다를 뿐이었다. 그리고 구슬처럼 흩어지는 파도 사이로 드러난 장대

갈퀴에는 검은 빛깔의 해초가 한 움큼 걸려 있었다. 그것은 어쩌면 전리품처럼 보이기도 했다. 묵은 김치나 무채를 넣은 단조로운 비빔밥을 먹으면서 어디서 저런 힘과 집중력이 나올까 하는 의구심도 그때 들었다. 그렇다고 매번 해초를 얻는 것은 아니었다. 큰 파도가 열댓 번 올 때마다 한 번 정도 오는 드문 기회였다.

그러면서도 할미가 쳐다보는 바다는 때때로 망연한 눈빛으로 내 눈에 비쳐졌다. 할미 눈을 정면에서 보려면 바다 한가운데로 나가야만 가능한 일이어서 나는 할미와 어슷한 자리에서 옆모습을 훔쳐보곤 했다.

라디오에서는 서둘러 파랑주의보를 내렸다. 할미는 내내 그 소식을 기다리던 참이었다. 이윽고 파도가 밀려왔으며 할미는 거친 물결이 여지없이 부서지는 틈을 타, 소나무 갈고리를 바다로 날렸다. 하얀 포말이 찰나로 스러져 갈 무렵, 갈고리에는 짙은 고동빛깔의 미역 줄기가 걸려 있었다.

신발만 가지런히 놓으면 온 집안이 깔끔해 보일 정도로 할미가 꾸리는 살림은 소박했다. 안방 윗목에 전면 여닫이 키 낮은 옷장이 있고 그 옆에 14인치 천연색 텔레비전이 놓여 있을 뿐이었다. 방은 둘이었지만 하나만 썼고 나머지 방에는 말린 곡물 두어 되쯤과 낡은 '호마이카' 상이 벽에 기대어 있었다. 물론 재래식 아궁이가 있는 정지도 단출했다. 베니어판에 옥색 그림을 비닐에 전사해 붙인 3단 찬장이 살강에 놓여 있었고, 아궁이 곁에 2구 가스레인지와 설거지를 하는 플라스틱 개수통이 있을 뿐이었다.

비교적 먼바다에서 일렁이며 다가올 해초를 가늠하는 것처럼 보였지만, 일면 대상을 잃은 응시처럼도 보였다. 그럴 때면 여지없이 파도가 밀려와 우비 입은 할미 무릎께서 산산이 부서지곤 했다.

　찬장 안은 대체로 어두웠다. 어둠 속에서 별나게 튀어 보이는 흰 간장 종지와 플라스틱 통에 담긴 고추장이 보였다. 물론 참기름을 찾아보았다. 그렇지만 찬장 안은 고소한 냄새조차 배어 있지 않았다. 가끔 할

미는 고명 삼아 묵은 김치나 무채를 냉장고에서 꺼내 함께 비비는 때도 간혹 눈에 띄었다. 하지만 대부분 고추장에 밥만 비비는 경우가 많았고 그런 식사는 상당히 오래전부터 해오던 습관처럼 보였다.

그러니까 바람 부는 날, 이렇듯 바다에서 돌아올 때였다. 할미는 마당에 묶여 있는 개 옆을 느린 걸음으로 스쳐가며 혼잣말로 불렀다. 늙은 이가 그렇게 부르는 목소리는 까닭 없이 나를 겸손하게 만들었고 더구나 쓸쓸한 것이기도 했다.

'개─야~'

처음엔 그렇게 부르는 말이 무슨 뜻인지 몰랐고 대수롭지 않게 넘겼
다. 그런데 이튿날에도 바람이 이어져 바다로 나가면서 할미는 또 한 번
같은 발음으로 개를 불렀다. 바다에서 미역과 같은 해초를 걷어 올리기
바쁜 할미에게 그래서 묻기도 했다. 하지만 할미는 내가 하는 말이 무슨
말인지 모르겠다며 도리어 손사래를 쳤다. 시끄러웠던 파도는 이제 나에
게도 싸워야 할 적으로 그 무렵 여겨지기 시작했다. 바다를 벗어나 갈퀴
장대를 들고 집 마당으로 들어섰을 때, 나는 다시 한 번 전율처럼 그 소리
를 들었다. 그것은 볼품없이 하찮아 보였던 누런 빛깔의 개 이름이었다.

할미는 홀로 산 세월에서 자신을 위해 상을 차리는 일이 '좀 뭐했'다는 말을 들려주었다. 그리고 마당에 묶인 개 이름을 비로소 안 그날, 나는 할미 남편이 오징어 배 선원이었다는 사실을 알 수 있었다. 그러나 지금과 달리, 형편없는 임금과 선주의 횡포는 말할 수 없을 만큼 심한 것이었다. 당연히 가난을 면하기 어려웠던 남편은 마침 해외에서 일할 노동자 대열에 섞여 중동으로 갔다고 했다. 국내에서 버는 것보다 열 배 가까이 많았던 월급이었다. 계약 기간을 무사히 마치면 집을 장만할 수도 있고 더욱이 연안 조업이 가능한 통발 어선도 마련할 수 있을 거라는 희망이, 이 할미의 삶 전체에서 처음으로 싹트던 시절이기도 했다. 그렇게 한 달 월급이 전신환으로 부쳐 오고 두 달 급여를 기다릴 즈음 한 통의 편지가 할미 손에 들려졌다. 글을 몰랐던 할미를 대신해 이웃 중학생이 읽어 내려간 편지는 뜻밖에도 남편이 사고로 숨을 거두었다는 짧막한 내용이었다.

　　고샅이 끝나는 곳엔 산에서 내려오는 시내가 흐르고 있다. 흐르는 물줄기를 곁에 둔 곳에 할미 집이 있다. 만개한 왕벚나무가 울타리 가까이 있기도 하다. 바람을 기다리며 여태 살아온 할미가 다가가자 꽃잎이 깃털처럼 흩날렸다. 양철로 된 문이 열리면서 할미가 마당으로 들어서고 있다.

　　'개ー야〜'

벽에서 해바라기를 하며 앉아 있는 개 이름은 '개야'이다. 할미는 바다나 밭으로 나갈 때, 그리고 들어올 때 이 개를 보고 '개ー야〜' 하고 나지막이 이름을 불렀다. 단지 두 음절에 불과한 말이 아침저녁으로 무심하게 되풀이 되었는데도, 그 말은 꽤 깊은 여운으로 내 가슴께에 맺혀 왔다. 그러면 '개야'는 벌러덩 드러눕고 다시 일어서는 동작을 두어 차례 반복했다.

바람에 실려온 목소
리가 시내 물결로, 그리
고 꽃잎으로 스며들고
있다. 할미 목소리가 사
위어갈 즈음 하늘을 올
려다보았다. 시리다 못
해 눈물 날 것 같은 파란
하늘로 비행기가 날아
가고 있었다.

포플러

형제 집에서 십 리쯤 떨어진 곳에 학교
가 있었다. 아침저녁으로 걸어다니는 길
가로는 소나무나 물오리 같은 여러 나무
가 자라고 있었지만, 이 나무는 무리를
이루지 못하고 있었다. 산모롱이를 돌아
언덕배기로 오를 무렵 저 홀로 자리 잡
은 것인데, 주변으론 이제 막 꽃을 피운
억새가 지천이었다. 바람이 칠 때마다 포
플러는 제 잎을 까뒤집으며 황혼으로 물
들어가는 시간을 알렸다. 소리 없는 찰나
에 지나지 않았으나 그것은 형제가 떠날
시간을 알리기도 하는 것이었다.

운동장을 벗어나면서 뒤를 돌아본 건 동생이었다. 퇴근 준비를 할 때마다 박 선생은 돌아본 아이에게 버릇처럼 사탕을 건네곤 했다. 읍내 본교 체험 학습에서 염소탕 집 협찬으로 들어온 누룽지맛 사탕을 상자째 가져온 것이었다. 어정쩡한 숭늉맛이 조금 날 뿐이었지만 분교 아이들은 단맛에 단박에 끌리고 말았다. 박 선생은 내친김에 종례 시간마다 동그라미 수를 셌다. 그리고 다섯 개 가운데 네 개 이상 받은 아이에게, 염소탕을 한 번도 먹지 않았는데도 누룽지맛 사탕을 두 개씩 주었다. 겨룰 대상이 없는 분교에서, 그것은 나름대로 동기를 갖게 하는 데 어느 정도 효과를 보는 듯했다. 그렇지만 내년이면 삼학년을 앞둔 동생은 번번이 동그라미 개수를 채우지 못했다. 아이들이 보는 앞에서 누룽지맛 사탕을 받는 것과, 빈 운동장을 질러 집으로 갈 무렵, 교무실 창가로 불려와 아이들이 없는 데서 받는 사탕이 어찌 다른지를 동생은 차마 헤아리지 못하고 있었다.

어미들이 부르는 소리에 분교 아이들이 흩어지면 형제는 잠시 제 옷매무새를 고쳤다. 형식에 그친 시늉이었을 뿐 그렇다고 달라지는 건 아무것도 없었다. 그즈음 박 선생은 교무실에서 창문으로 목을 뺀 채 습관처럼 텅 빈 운동장을 살폈다. 처음엔 어섯눈처럼 보였다. 하지만 그이의 안경 낀 눈으로 과학실 옆에 세워진 오 년 된 승용차가 들어왔고 이어서 국기

폐교가 결정되면서 아이들은 복도, 운동장할 것 없이 노는 시간이 부쩍 많아졌다. 이 학교를 졸업하고 상급학교에 진학한 아이도 이미 그 사실을 알고 있었다. 마을 사람 모두 서운해 했지만 학교 옆에서 점방을 하는 영복이네가 더한 듯했다. 구령대에 고추를 말리는 한가로운 새로 가을이 깊어가고도 있었다.

큰물이 지며 학교 앞 작은 내가 사차선 도로 폭만큼 패여 나가고 달포쯤 지날 때였다. 그날도 학교 둘레 몇 되지 않는 농가에서는 아이들을 부르는 어미나 할미의 목소리가 들렸다. 관행적으로 들리기는 했으나 묘한 울림으로 그 목소리는 운동장까지 미쳤다. 꽃밭 일을 박 선생과 함께 돕던 형이 그 소리 들은 듯 했는데 동생은 눈에 띄지 않았다. 휩쓸려간 외나무다리 너머 포플러 아래에서 동생을 볼 수 있었던 건 삼십여 분이나 지난 후였다.

게양대, 그리고 오른편 수돗가까지 손에 잡는 것처럼 훑어보는 게 분명해 보였다. 동생을 부르는 일은 그 눈길이 수돗가를 막 벗어나면서였다.

　　시멘트로 기둥을 세운 교문을 형제가 나서면 길을 따라 냇물이 따라 붙었다. 본디 돌돌 흐르는 잔잔한 시내였으나 내내 내린 비로 물길은 제법 사나워져 있었다. 그렇게 물길 따라 그대로 가면 화려한 불빛이 있는 읍내로 이어지는 길이 나왔다. 그러나 형제는 그 길에서 십여 분 걸어가다 좁고 위험한 다리를 건너야 했다.

재건복 저고리 같은 윗도리를 겨울을 넘기면서까지 벗지 않은 형이 내민 손바닥 사진이다. 고구마 껍질을 벗기던 손이었고 면사무소에서 입식으로 바꿔준 부엌에서 설거지를 하는 손이기도 했다. 토막난 나무 겉껍질을 만지며 거칠고 순한 느낌을 말할 땐 내 스스로 먹먹해지기도 했다.

전봇대 두 개를 겹쳐 놓은 외다리를 건너면 읍내로 난 길과 전혀 다른 길이 펼쳐졌다. 그것은 학교 주변에 있는 변변한 마을과도 대책 없이 멀어지는 길이기도 했다. 큰 유리로 치장하거나 플라스틱 인형이 꿈결처럼 서 있는 그런 인공적인 조형미는 어느 곳에서고 찾을 수 없는 짙은 숲길이었다. 길로는 '명아주'나 '방동사니', 그리고 '여뀌' 같은 온갖 푸새들이 제 세상인 양 넘쳐났다. 발에 차이는 것을 넘어 형제 키 높이까지 자라 길을 방해하기도 했다. 나는 여러 차례 뱀을 걱정하며 무척 성가셔 했지만 형제는 별 상관없다는 듯 산모롱이를 향해 걸어갔다.

박 선생이 아이들을 가르치는 분교는 삼복식 수업을 하고 있었다. 선생님 두 분이 세 학년씩 나눠 가르쳤고 시간마다 각 학년 아이들에게 돌아가는 시간은 15분 남짓이었다. 박 선생은 친밀도는 높을지 몰라도 학습 효율이 떨어지는 단점이 있다고 했다. 더구나 자극을 받을 수 있는 또래 경쟁 상대가 없어 동기 유발이 어렵고 이것은 시간이 흐르면서 평균치 아래로 고착되어 간다며 아쉬움을 나타냈다.

산모롱이를 돌아드는 부근에는 강아지풀이 무리지어 자라고 있었다. 이학년 동생은 이 지점에 이르러 적이 체념하는 눈빛을 보이곤 했다. 생각할수록 특이한 점이었지만, 강아지풀 군락을 지나면서 동생은 머지않

형제가 다니는 분교로 처음 찾아갈 때는 흙길이었다. 눈길을 끌었던 건 별스레 포플러가 길가상에 많이 자라고 있었다는 점이었다. 속성수로 개량된 포플러가 온 나라에서 경제목으로 선택되어 곳곳에 식재될 때 이곳에도 포플러를 심은 듯했다. 잎이 처음 돋는 봄철의 연한 잎과 짙은 초록의 여름 잎, 그리고 노랗게 물든 가을 잎은 계절의 변화를 한 장소에서 실감하기 좋은 나무이기도 했다.

아 닿을 집과 저녁 반찬 같은 이야기를 애써 하곤 했다. 그렇지 않아도 큰길에서 갈라지는 전봇대 다리가 눈앞에 나타나면 항상 풀이 죽곤 하던 동생이었다. 다리를 건너지 말고 아스콘으로 닦인 예쁜 길을 내쳐 가고 싶어 한다는 점을, 나는 이미 여러 차례 눈치 채고 있던 터였다.

　　두 아이를 자동차에 태우고 운동장을 벗어나 읍내로 간 적도 있었다.

아이들이 할미와 사는 집이다. 한국전쟁 이전에 지은 외딴집으로 아이들 할아비가 지었다. 뼈대를 피나무로 세우고 벽체는 수숫대를 엮어 지지한 다음 억새 줄기를 잘게 썰어 갠 흙을 발랐다. 슬레이트 새마을 개량 지붕에 벽두께는 십 센티미터를 조금 넘길 만큼 얇았고 이후 시멘트 몰탈로 외벽 아랫부분을 덧발랐다. 단열 자체가 없는 이곳에서 어미가 태어났고 큰 아이가 경기도 동두천 축산단지 인근, 그리고 동생이 이 집에서 출생했다. 동생이 태어나기 육 개월 전 아비가 동두천에서 사고로 사망했다. 동생을 낳은 어미는 육 개월여 젖을 물리고 할미의 완곡한 뜻에 따라 개가했다.

지금으로선 후회스러운 일이었으나, 뱀을 걱정하며 잡초 무성한 길을 가는 것보다 포장길을 가는 게 나로서도 신나는 일이었다. 자동차를 타고 이삼 분 지날 무렵, 정말 아무렇지도 않게 전봇대 다리가 나왔다. 나는 자동차 실내 거울로 지나치는 다리를 정확히 보았지만, 형제는 부러 그랬는지 몰랐는지 가를 수 없을 만큼 앞만 보고 있었다. 그리고 그날, 오천 원짜리 피자를 파는 가게에서, 읍내로 오는 길보다 수십 곱 먼 길을 가면 형제를 낳은 어미가 살고 있다는 사실을 어렴풋 알게 되었다. 그렇지만 아이들은 어미가 사는 도시에 이르는 길이 동쪽인지 서쪽인지 전혀 가늠하지 못했다.

　박 선생이 준 누룽지맛 사탕은 전봇대 다리를 건넌 형제에게 나름대로 진통 효과를 주는 듯했다. 비록, 허깨비 같은 누룽지 단맛이어도 푸나무 우거진 외딴길을 걷는 여정에서 그것은 때때로 효과를 나타내기도 했다. 아이들이 어떤 점에서 힘들어하는지 좀처럼 알아채기 어려웠지만, 얼굴로 나타나는 표정은 찰나나마 웃음기가 어려 있어서였다. 단맛은 산모롱이를 돌아 언덕배기에 이를 때까지 약효를 유지했다. 다행스러웠고 생각할수록 신기한 일이기도 했다.

읍내 본교 아이들이 외면했던 사탕이 형제의 입안에서 속절없이 녹을 즈음 언덕배기를 머리맡에 둔 비알밭이 나타났다. 아이들 할미가 일군 밭이었지만 지금은 학교 옆 점방집 영복이네가 부치고 있었다. 따비밭엔 수확을 앞둔 고구마가 자라고 있었고 주변으론 아이들 키보다 큰 억새가 가을볕 그대로 꽃을 피우고 있었다. 돌이켜 보면, 그즈음 어딘가로 부터, 명지바람이 살랑 불어오기도 했다. 그러면 거짓말처럼, 억새가 잠시 머리를 숙이는 새로 큰 나무가 거인처럼 눈에 들어왔다. 포플러였다.

운동회에 아이들을 데리고 참석한 분교 박 선생이다. 행사가 끝나고 본교 자모회에서 마련한 회식 자리에서 일찍 자리를 뜰 때 그이는 이미 불쾌해진 상태였다. 흔히 그런 것처럼 본교 아이들에 섞여 청군 백군으로 나뉘어 뛰던 아이들이 제법 성과를 낸 탓이 큰 듯했다. 이어달리기 부분에서 마지막 한 바퀴를 앞두고 분교 아이 하나가 판을 뒤집기 전까지 따라 붙었던 것이다. 한우 불고기집에 모인 학부형들과 본교 교사들은 이날 공책, 운동용 모자, 분교 아이들 모두에게 돌아갈 운동화 일곱 켤레, 국어사전, 그리고 '체력 증진용' 자전거 두 대를 선물로 안겼다.

억새의 변화처럼 나무도 금빛으로 물들어가고 있었다. 황혼에 이른 포플러 그늘에서 형제는 저녁을 앞둔 허기를 달래곤 했다. 고구마를 서리하는 것인데 영복 어미 제천댁은 이를 대수롭지 않게 여겼다. 심지어 가게에서 파는 소라 모양 과자나 유통기한이 당일로 찬 빵을 거저 주기도 했다. 엉덩이 넓어진다며 쪼그려 앉는 것을 별나게 싫어했던 제천댁이 그렇게 과자를 건넨 날, 면에서 나온 사회 복지사와 보육시설 관계자는 영복이네 점방에서 알갱이가 입속에서 터지는 오렌지 음료수를 마셨다.

본교 운동회가 열리는 날 분교 아이들은 적잖이 주눅 든 모습이었다. 지금은 보기 어려운 모습이지만 읍내의 화려한 물산과 차림들은 산간 분교에서 온 아이들에게 생경하고 동경 어린 모습일 수밖에 없었다. 형제를 맡은 분교 선생님도 이날 누룽지맛 사탕을 상자째 얻었다.

그리고 나는 그 자리를 서성이다가 포플러 잎이 죄 지고 눈발이 날릴 무렵, 형제가 시설에 들어가 살 거라는 말을 듣게 되었다.

그렇지 않아도 칠순에 이른 할미는 관절염이 심한 상태였다. 무리한 밭일이 오십여 년 넘게 이어오면서 당연히 따라붙은 퇴행성관절염이었다. 그렇게 굽고 쥐어지지 않는 손으로 할미는 플라스틱 밥상에 저녁을

차려 놓고 아이들을 기다렸다. 마을에서 이따금 건네는 마른 반찬 두엇
과 양배추김치가 놓인 저녁상에서 세 사람은 말없이 밥을 먹는 일이 많
았다. 나는 가져간 여러 통조림과 소시지를 밥상에 내놓았고, 형제는 바
람에 깃털이 쏠리는 모양 그대로 그 맛에 빠져들었다. 언 발에 오줌 누
듯, 형제는 그렇게 순간을 잊고 있었다.

방과 후에도 형제는 오래도록 학교 운동장에서 놀았다. 해 빠지면 동생을
앞세우거니 하며 포플러가 서있는 언덕배기를 향해 걸어갔다. 나무 주변
에는 고구마 밭이 펼쳐져 있었고 '형아'는 잘 자란 뿌리를 신기하게도 잘
골라냈다. 물가에서 고구마를 씻어 동생에게 건네면서 '형아'가 불쑥 던진
목소리가 아직도 기억에 남아있다.
"차~ 먹어!"

할미는 퇴행성관절염이 심각한 상태였다. 열일곱에 시집온 날부터 돌투
성이 비알밭에 매달린 결과이기도 했다. 하지만 할미는 제 게으름 탓에
아직도 돌멩이가 나온다며 직수굿이 한숨을 쉬었다. 손가락은 마디마디
굽어 있었고 잠들 무렵이면 통증이 더한 듯했다.

밭 아래 계곡에서 고구마를 씻으면서 형제는 얼굴도 함께 씻었다. '형아'는 주변에 무성한 잡풀을 뜯어 수세미로 썼는데 보랏빛 껍질이 선명히 나타나는 것을 넘어 하얀 속살이 드러날 때를 기다려 동생에게 주었다. 고구마를 씻는 동안 동생은 채근하지 않았고 '형아'도 좀처럼 서두르지 않는 게 그저 먹먹할 따름이었다. 물끄러미 아이들을 쳐다보다가 파인더에 비친 그대로 셔터를 눌렀다. 억새군락에서 다시 한 번 그 바람이 불어왔다. 우뚝 선 포플러 잎이 누런 해거름 빛에 흔들렸다.

명지바람이었다.

형제와 헤어진 지 한 시간이 지날 무렵, 포플러가 서 있던 길과는 견줄 수도 없을 만큼 큰 길이 나왔다. 내가 사는 북부 지방 소도시로 바로 이어지는 기간 국도였다. 이 길을 달리며, 흰 속살이 나올 때까지 고구마를 씻어 건네던 어린 '형아'의 튼 손을 기억해냈고, 미혼모로 핏덩이를 둔 채 개가한 형제 어미의 지난한 삶도 그려 보았다.

쇠울음

밭을 갈아놓고 김 씨는 서울 양반이 부탁한 놉을 사러 읍내로 나갔다. 국수와 빵을 참으로 내고 일당 이만 팔천 원을 쳐줘야 될 거라며 헛기침을 날리는 모습을 볼 땐 월급을 받는 기간제 고용 농부생활 에 어느덧 적응한 게 틀림없어 보였다. 제 값을 후리며 놉을 살 수 있을지 궁금했지만 읍내로 나서는 길은 가벼워 보였다. 산을 걸어 내려가 간이역에서 기차를 기다려 타고, 다시 돌아오는 데 꼬박 하루 가 걸렸다.

열차가 멈추는 것은 하루 세 차례였다. 아침
일곱 시와 오후 네 시 그리고 여덟 시였다.
이곳 산간 형편에 맞추기 어려운 열차 운행
의 현실을 말하며 역무원은 동정 어린 표정
을 지어 보였다. 그러면서 곧 전철화 되면
철도원이 많이 줄 거라는 말도 덧붙였다.

출입구를 마주한 곳에 긴 의자가 놓여 있다. 젖빛으로 칠한 나무 의
자는 어른 앉은키를 넘길 만큼 등받이가 높고 곧추 세워져 있다. 등받이
위 미닫이로 나있는 나무로 된 창이 없었다면 답답해 보였을 거 같다.
두어 걸음 어슷하게 비킨 회칠한 벽면엔 이 산간 고을을 들고 나는 기차

시간표가 붙어 있다. 의자 한 귀퉁이에 앉아 창가로 머리를 빼고 밖을
내다보았다. 푸나무 우거진 건너편 짙은 숲에서 다문다문 새소리가 들
려온다. 기다림처럼, 청아한 소리에 귀를 기울였다. 저녁 여섯 시 사십
칠 분, 김 씨가 탄 기차가 이 역에 닿는다고 했다.

이곳에 처음(1987) 올 때만 해도 사람들은 해발 110미터 독가촌에서 생활하고 있었다. 한겨울이면 영하 20도를 무시로 넘나드는 혹독한 추위를 견뎌내는 게 도리어 신기할 지경이었다. 거주 양상이 사뭇 달라지기 시작한 것은, 본격적인 취재가 이뤄지던 1990년대 후반부터였다. 겨울이면 산을 내려가 도회나 바닷가에서 품을 팔다가 봄이면 영농을 위해 복귀하는 이중생활을 했던 것이다. 이것도 2000년 초반에 들어서서는 그마저 그만두고 죄 산을 내려갔고 지금은 일당 도시 노동자처럼 생활하고 있었다.

한랭성 작물로 여름철에는 볼 수 없던 대표적인 채소가 배추였다. 그러던 것이 고랭지 밭의 효과가 알려지면서 무더운 철에도 포기 속 깊은 김치 맛을 볼 수 있었던 게 바로 산간 고지의 배추밭 덕이었다. 그렇지만 지나친 개간으로 토양의 유출이 심각해지면서 역작용이 빚어지기도 했다.

제법 너른 밭이었다. 이따금 검은 숲 새로 비친 길가 따비밭만 보다가, 산정에 이르러 느닷없이 펼쳐진 밭은 예가 신천지 아닌가 여겨질 정도였다. 산 아래 마을뿐 아니라 유일하게 기대는 기차역마저 시오리 산길로 떨어진 산간 외딴 곳이기만 해서 그것은 놀라운 풍경이었다. 더구나 남부여대하여 찾아든 곳이라고는 도저히 믿기지 않을 만큼 밭은 안정돼 있었다. 산정에서 그렇게 머뭇거릴 때 선선한 바람이 살갗에 끼쳐왔고 다시 발걸음을 옮겼다. 산 아래 간이역에서 출발할 때만 해도 무덥던 날씨였다.

씨억씨억 소를 앞세우며 김 씨가 앞서 나갈 수 있었던 건 지금 생각해도 다행스러운 일이었다. 육 년째 함께한다는 소는 요즘 보기 드물게도 일소였다. 적당히 마른 게 누가 보아도 그래 보였다. 육우와 달리 강단져 보였으며 엉덩이에서 뿔로 이어지는 잔등은 밭에서 빤히 뵈는 멀건 둥근 산을 그대로 닮아 있었다. 나는 그 뒤를 천천히 따라가며 앞서가는 소와 김 씨를 번갈아 쳐다보았다. 사진 몇 장 찍으려고 소를 앞질러 갈 땐 그 큰 눈을 치켜뜨는 게 겁을 주는 것도 같았다. 하지만 그때뿐이었다. 잔등에 제 쟁기 묶을 멍에를 어쩔 수 없다는 걸 아는 듯 소는 다시 갈 길을 재촉했고, 김 씨는 밭으로 오르는 거친 숨결에서도 담배를 꺼내 물었다. 산정에 올라 처음 볼 때처럼 때마침 바람이 스쳤다. 시원한 바람길이 고랑을 에우는 곳에 출하를 앞둔 배추가 자라고 있었으며, 다른 한쪽에선 아낙들이 이제 막 모종한 밭에 석회가루 섞인 퇴비를 흩뿌리고 있었다. 그리고 보면, 김 씨는 적잖이 낙천적인 사람이었다.

간이역에서 배추밭으로 오르는 산길에서 본 버섯이다. 살아있는 나무에 핀 버섯이 신기해 다가갔지만 이미 죽은 나무여서 하늘 끝가지부터 메말라 있었다. 산골 살림에 소용되는 물품을 나르거나 배추나 무가 팔려나가는 때도 이 길로 나간다며 배추밭 사람들은 아무렇지도 않게 들려주었다. 울진 삼척 공비 침투 사건이 터지고 이어 닥친 화전 정리 사업으로 이 길이 닦였다는 말도 그때 들었다. 그 무렵 아비 어미들뿐 아니라 제법이던 처녀 총각들도 이 길을 따라 도시로 떠났다고 했다.

소를 앞세운 비탈 가운데서도 그이들을 향해 질러대는 소리를 들으면 그랬다.

"어어—이!"

할미 섞인 아낙들이 있는 쪽으로 카랑한 목소리가 퍼져나간 드넓은 밭 일부는 김 씨가 일군 것이었다. 지팡살이 살림을 꾸리다가 광부노릇 육 년여 끝에 정착한 곳이라는 말도 들려주었다. 가솔을 이끌고 이 산으

일을 마친 할미와 아낙들이 참을 먹고 있는 사진이다. 새벽 다섯 시 읍내에서 만나 이곳 산정 고랭지 밭에 이르면 이미 여섯 시를 넘기는 시간이었다. 그때부터 아낙과 할미들은 참을 먹는 이 시간 오후 다섯 시까지 산정 가까이 내려온 햇살을 제 몸 송두리째 받아내야 했다. 이날 해거름 참으로 나온 것은 액젓을 넣고 된장을 풀어 배추를 넣고 끓인 국에 만 밥이었다. 조미료 역할을 한 액젓의 효과에 놀라웠고 반찬 없이 먹을 수 있을 만큼 국은 간간했다. 나는 그 맛을 땀에 대한 보충이라고 생각했다.

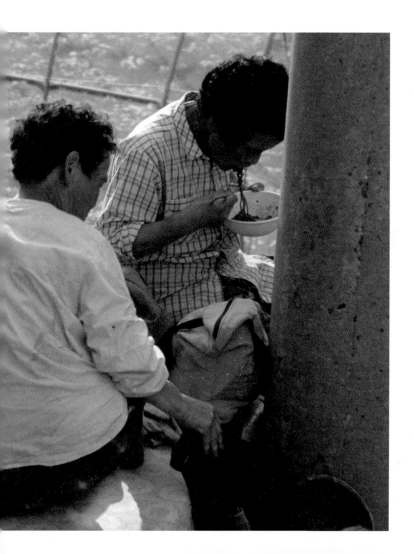

로 들어올 땐 광산에서 만난 두 집과 함께였다. 삼 년에 걸쳐 세 번 불을
내고 비알 땅을 개간하는 데 무려 십 년이 걸렸다는 말은 독가촌을 취재
하며 들었던 이야기 그대로였다. 자식 여섯과 늙은 어미, 이웃한 두 집
해서 모두 열아홉 질긴 목숨이 모질음 쓰며 거둔 결과였다.

그렇게 일군 밭에서 소를 부리는 김 씨 행동은 좀 남다른 데가 있었
다. 보통 '이려~' '저—저— 자~랴' '워—워워워'가 남도를 비롯한 벼농

이네가 경작하는 밭은 말 그대로 된비알이었다. 심한 곳은 무려 사십 도를 넘기는 곳도 있었다. 그 탓에 농기계를 쓰기 어려워 소를 부려 밭을 갈 수밖에 없는 듯했다. 처음부터 돌투성이였고 지금도 돌투성이 밭이며, 앞으로도 '쭈—우욱' 돌투성이 밭일 거라는 말을 들을 때는 이곳 산정의 현실을 어렴풋하나마 실감할 수 있었다. 딱딱하게 굳어있던 비알밭에 보습 날이 돌에 물리면 박힌 돌을 빼내는 데 한나절이라는 말을 들려준 건 김 씨였다. 그 자리에서 육 년 넘게 함께 해온 '이' 소가 더 고생한다며 혀를 찼다.

가끔 이이를 따라 나서기도 했다. 일주일 넘게 산정에서 머무르다 읍내에 나서면 모든
게 신기하고 화려한 게 도회에서 온 사람이 '나'인가 하고 의구심 일 정도였다. 저녁 기
차 시간이 되면 읍내 기차역은 적잖은 사람들로 붐볐다. 도회 전철역에 차마 댈 수는 없
었어도 흙바닥 촌구석 역 플랫폼에서 순서를 기다려 탄다는 게 놀라운 뿐이었다. 대부분
할미들이었지만 그 가운데는 이제 맘을 트거나 사랑을 시작한 젊은이들도 눈에 띄었다.

사 지방에서 흔했던 소 엮는 소리였다. 그런데 김 씨는 그런 흐름은 죄무시하고 제 것을 지어 썼다. 처음 입식할 때부터 김 씨의 가요를 듣고 길들여졌던 셈인데, 도리어 남도 것을 삼는 것보다 더 효험을 봤다며, 김 씨는 운동회 계주에서 백군을 제친 소년처럼 자랑스러워했다. 트로트 가요 두어 곡을 밭을 갈 때마다 불러댔는데, 밭두렁을 목전에서 돌아다시 긴 고랑으로 접어들 땐 어김없이 '황성 옛터' 가락이 들려왔다. 그리고 소가 기운이 달릴 낌새를 보이면 가사 말에 도드라지게 힘을 주어소를 북돋았다. 쇳소리에 가까운 목소리였으나 힘이 있었으며 꽤 깊은여운으로 주변의 신갈, 갈참, 소나무가 있는 숲으로 섞여 들어갔다.

김 씨가 일군 땅에 얽힌 사연은 듣기에 따라 어처구니없는 것이었다. 김 씨가 노래로 소를 부리거나, '어어—이!'하며 아낙들을 보고 소리를 내지를 때마다, 나는 적잖이 애가 나 마른 침을 삼켰다. 그런데도 분노나 탄식을 엿볼 수 없는 늙은 김 씨의 낯은 마냥 처연하기만 했다. 이해하기 힘든 일이었고 더 나아가 신기하게 여겨지기도 했다.

열 평 남짓한 간이역 대합실을 나섰다. 마주 깔린 철길로 이어진 검은 숲은 더없이 고적하다. 이미 승강장에 나와 있는 초로의 철도원이 반갑게 인사를 한다. 수신호 전등을 들고 나선 것으로 보아 이내 기차가닿을 모양이다. 그이는 산정 사람들을 두고 사정이 딱했다며 아쉬움을나타냈다. 불과 이십여 년 전만 해도 조밥으로 제사 지내던 이들이 바로그네였다는 말에선 혀를 차기도 했다. 산정처럼 바람이 불었으면 좋겠다는 맘이 문득 스쳤다. 그러면서 이제 배추 농사가 '대박이 되는 물정

으로 변하고, 덩달아 고랭지 밭이 각광'받게 되었는데 산정 사람들, '참'
운 없는 사람들이라며 진심으로 동정하는 낯을 보였다.

'국민학교' 육성회비를 못 줘 자식들이 변소 청소를 맡아 놓고 한 일
이 맘에 걸렸다는 말을, 나는 김 씨로부터 땅 판 이야기와 함께 들었다.
변소 청소를 끝내고 늦게 온 자식들과 함께 끝도 없이 산정에 널려 박힌
나무뿌리를 파내는 데만 수년이 걸렸다고 했다. 그 세월을 못 먹어 자녀
둘을 잃었다는 말도 김 씨는 덤덤히 들려주기도 했다. '서울 양반' 말에
이끌리게 된 속사정도 덩달아 나왔다. 이웃한 여러 집이 도회 사람 말을
받아들인 뒤이기도 했다. 그러니까 산정에 있는 밭은 당시 물정으로 단
돈 십 원에 지나지 않았던 게 저간의 현실이었다. 그래서 시세 열 배(백
원)를 쳐준다는 말과 '서울 양반'이 사더라도 농사를 계속 짓게 하겠다
는 말은, 그 무렵 김 씨에겐 당장의 어려움을 누그릴 수 있는 구원과도
같은 거래로 들려온 듯했다.

협곡으로 이어진 철길이어서 철도원은 기차가 다가오면 쇠울음이 들
린다고 했다. 첫날 산정에 오르기 전 잠시 역사에 머무를 때도 들은 기
억이 있어서 조금 설레는 맘이 일었다. 산정에서 김 씨가 머무르는 기간

산 아래 깊은 계곡을 따라 철길이 나있었다. 낙동강 최상류였고 이이들의 산에서 흘러내린 물도 간
이역 어름에서 철길을 따라 흘렀다. 여객 열차는 하루 두 번 섰으며 수시로 화물열차가 대기 선로에
서 마주 오는 기차를 피하는 게 어떨 때는 지루해 보이기까지 했다. 승강장에 내린 김 씨 얼굴은 무
척 밝아 보였다. 묻지 않아도 좋은 값에 일꾼을 구한 듯했다. 읍내에서 이날 사온 돼지고기 닷 근과
페트 병 소주 한 상자로 이웃한 일꾼들과 밤새도록 술잔을 기울였다. 앞전에 낸 책 『가난한 이의 살
림집』 〈간이역〉 편에 이 사진 일부가 들어가 있다.

은 늦은 봄에서 초가을까지였다. 무더위로 지치는 한여름 낮에도 이십 도를 오르내리는 서늘한 김 씨 밭은 이제 상상을 뛰어 넘는 노다지 밭이 되었다. 그 밭에서 이제 김씨는 '서울 양반'이 고용한 '기간제 농부'로 봄에서 가을까지 다달이 백오만 원을 받는다고 했다.

어느덧 사십칠 분을 넘기고 있었다.

"사오 분 연착할 때도 있어요. 단선이어서 말입니다. 헤헤— 참!"

나는 동서로 난 철길을 따라 저만치 어둠이 내리는 승강장을 반복해 오르내렸다. 귀를 기울여 쇠울음 소리를 기다렸다. 이 분이 지나고 삼 분이 지났는데도 쇳소리는 들리지 않고 얼마 전에 들었던 새소리가 들려왔다. 김 씨 봇짐에는 흰무늬 병에 쓰일 약제와 놉을 구한 연락처가 있을 것이고, 한 되짜리 소주와 얼마간의 돼지고기가 들어있을 게 분명했다. 그럴 즈음, 그러니까 새소리가 검은 숲으로 빨려 들어갈 즈음, 경쾌하게 쇳소리가 들려왔다. 그것은 다시 들어도 쇠울음이었다. 터널을 막 빠져나오며 긴 경적 소리를 내고도 있었다. 김 씨가 탄 기차가 다가오고 있었다.

기차가 가는 쪽으로 계속 가면 바다가 나왔고 김 씨가 온 방향을 되짚으면 내륙에서 알아주는 큰 도회가 별빛 무리처럼 반짝였다. 놉이 되어 온 이들은 대부분 그곳에서 온 사람들이었으며, 김 씨가 겨울철 품을 내러 갈 때는 바다로 가는 경우가 많았다. 쉬는 날은 따로 정하지 않았고 비 오는 날 쉴 때가 대부분이었다. 은근히 김 씨를 꼬여보는 때도 바로 그런 날 아침을 먹을 무렵이었다. 내 제안은 항상 받아들여졌고 비둘기호 기차간에서 비 맞는 산을 보며 해안가로 내려가는 맛은 오금이 저릴 만큼 재미난 것이었다. 바다에 이르면 우리는 뼈째 자른 물고기 날것과 '서울양반'을 안주 삼으며 취하곤 했다. 자꾸 되돌려 놓고 싶을 만큼 그리운 김 씨는 일흔 여섯 되던 2008년 '기간제 농부' 일을 은퇴했다.

할미는 맹물에 밥을 말아 먹을 때가 많았다. 입맛 없던 탓이 컸던 셈인데 할미는 그러면서도 밥 한 그릇을 비우기는 했다. 처음엔 도회에서 준비해간 통조림이나 레토르트 음식을 권해보기도 했지만 할미는 빙긋 웃기만 할 뿐 간장 내린 된장이나 누르대 무친 국물을 숟가락에 찍어 먹을 뿐이었다.

흰
쌀
밥

지름은 오백 원짜리쯤 돼 뵈었고 길이는 젓가락만 했다. 이삼 일 걸려 한 자루 쓴다는 누런 빛깔 양초였다. 은박 돗자리 두 개를 펼치면 사방 아귀가 맞아들 만큼 좁은 방이기는 하다. 천정과 잇닿은 벽 귀퉁이로 희뭇한 벽지문양이, 발굴된 고대의 무덤 벽화처럼 불빛 따라 가물거리고 있다. 빛바랬어도, 불빛은 사방에서 부딪혀 온 방으로 번지며 온화한 느낌을 자아내고 있다.

어제부터 타던 양초가 절반 가까이 녹아내릴 무렵 할미가 밥상을 들여왔다. 이름을 알 수 없는 버섯과 나물을 데쳐 무친 듯한 게 둘이었다. 고봉으로 쌓아올린 밥사발, 양철처럼 얇은 스테인리스 그릇에 담긴 맹물이 상위에 놓여 있다. 양초를 밥상 위에 올려놓고 할배는 숟가락을 들었다. 속담처럼, 촛불 아래에 놓인 찬 그릇은 도드라지게 어둡다. 그 어둠가로 스치듯 뵈는 푸나물이 눈에 익어 보인다. 할미가 낮에 뜯었던 풀과 닮아 보인다. 어두운 탓이려니 했다. 곁에 있던 할미가 슬그머니 웃으며 말을 건넨다. 갈라졌어도 고요하고 차분한 목소리다.

"누르대라는 나물이래요. 낮에 본 거……."

말을 들어서 그런지, 맛이 그런지 입안 가득 누른 내가 난다. 채 씹지 않고 훌렁 넘겼다.

저녁식사를 들일 무렵 할배와 할미의 산간 외딴집으로는 푸른 기운이 감돌기 시작했다. 4박이나 5박 6일 일정으로 국도나 지방도를 따라 걷는 여정을, 그즈음 나는 일 년에 네 차례 정도 했다. 서넛이 팀을 이루기도 하고 홀로 나서기도 했는데 주로 내륙에서 비포장 산간 길을 잡아 바다를 향해 갈 적이 많았다. 바다를 이틀거리로 남겨둘 무렵 할미 집을 처음 스쳤고 그때도 이렇듯 푸른 기가 도는 저녁 무렵이었다.

"냄새가 나봐서 경상도 사람더런 안 먹는데요. 서울 사람도 그래요. 그렇지만 요 옆 것은 청옥이래요. 오늘 가봐서…… 여간 깊고 험한 데가 아니면 볼 수 없세요."

고구마 순 같이 덥석 집었는데 소금으로만 버무려 낸 듯 맛은 단순하다. 온갖 양념과 참기름에 익숙한 나물 맛만 본 터라 입안이 얼얼하고 씹으면 씹을수록 풋내가 깊다. 두 번째 것도 훌렁 넘기며 할배에게 물었다.

"내일 비가 올까요?"

"바람 선한 거 보니 해 나지. 낼 가?"

그러니까 아침. 깊은 산이어서 그렇다고 생각했다. 한여름인데도 바람은 추석을 앞둔 날처럼 쌀쌀했다. 된장 푼 푸나물 국을 먹은 게 다행이라는 생각마저 들었다. 마당에는 이슬이 내려 있었고 할배가 쓸어놓은 빗자루 결에도 서릿발 솟듯 이슬이 맺혀 있었다. 마당으로 나선 늙은 부부는 마대로 만든 '대리끼'를 매며 굴참나무 가지를 깎았다는 지팡이를 들었다.

대바늘로 무명실 끈을 꿰 홈질로 이어가며 만든 배낭은 첫 모양새부터 눈길을 끌었다. 인사차 처음 마당으로 들어설 때 양철지붕 서까래를 바친 기둥에 걸려 있던 것이었다. 언뜻 보면 허섭스레 보일 법도 했다. 그러나 물건 담는 입구를 오므릴 수 있게 조절 끈을 집어넣은 것이나, 비닐을 여러 겹 덧대 헝겊으로 감싸 멜빵 끈 안쪽을 푹신하게 마감한 것은 스카우트의 준비교본에도 없는 것이어서 가히 무릎을 칠 만한 것이었다. 더구나 늙은 부부가 사는 집은 산간에서도 전깃불마저 밝힐 수 없는 지독한 외딴집이었다. 거의 모든 것을 자급해야 했던 엄혹한 살림.

그런 외롭고 고립된 현실 속 부부의 삶이 어떠해야 하는가를 '대리끼'는 상징적으로 보여주고 있었다. 배낭을 멘 할배가 그렇게 앞서고 있었다. 조심스럽지만 썩 어울린다는 생각이 들기도 했다. 사진기를 든 도회 사람과 대리끼를 멘 늙은 부부의 산행이 이뤄지던 날이었다.

발왕산(1,458m)은 늙은 부부가 사는 집에서 도보로 사십 분쯤 떨어져 있었다. 남서쪽으로 가리왕산(1,561m), 박지산(1,394m)에 이웃하고, 동쪽은 고루포기산(1,238m)과, 옥녀봉(1,146m)에 가까운 산. 두 내외가 이 세월로 늙어 올 때까지 기대왔던 '먼 산', 또는 '가까운 산'이라며 나름대로 생각한다는 말은 산간 생활의 연륜과 깊이를 일깨우는 듯했다.

(고밀도 폴리에틸렌 재질) PP마대를 응용한 대리끼다. 대리끼라는 말은 경북 안동 이북과 강원 남부 지방에서 두루 쓰였던 말로, 나물이나 약초 따위를 담아 운반하는 농기구 가운데 하나였다. 싸리를 엮어 사용했으나 80년대 후반부터는 PP마대에 질빵을 달아 대용으로 쓰는 경우가 많았고, 요즘 들어서는 대형 배낭을 메고 산에 오르는 경우도 흔하다.

가까이 있지만 허기를 물릴 수 있는 풀이 없으면 먼 산이었고, 멀리 있어도 살림에 소용 닿는 푸새가 있으면 가까운 산이라는 설명이 특히 그랬다. 그러면서 어느 해는 이 산이 먼 산이 되었다가 또 어느 해는 저 산이 가까운 산이 되었다며 쿨럭쿨럭 기침 소리에 웃음을 실어냈다. 머리를 주억거릴 틈도 없이 좁은 다람쥐나 다닐 법한 소리길을 벗어나자 임도가 나왔다. 비포장 길이어도 산길에 견주면 무척 편하다는 생각이 문득 들었다. 임도 양편으론 하늘로 곧게 뻗은 낙엽송이 키 큰 병정처럼 줄지어 서 있었다. 쌀쌀한 기운이 잦아들며 어느덧 허브 향처럼 더없이 상큼한 바람이 코끝을 스치고 있었다.

할배와 할미는 임도를 조금 따라가다가 빤히 뵈는 길을 마다하고 엉뚱한 곳으로 다시 길을 잡았다. 턱 보아도 위험해 보이는 곳이었다. 더구나 나는 등산화를 신었지만, 저 두 사람은 맨발에 고무신이었다. 고무장화를 신은 것도 아닌데도 아랑곳하지 않고 내려가는 거침없는 발길. 산행으로 몸이 익은 나로서도 이해하기 어려운 장면이었다. 아름드리 신갈나무와 상수리 같은 참나무 류가 빼곡한 숲속으로 마치 주술에 걸린 이처럼 두 사람이 빨려 들어가는 모습은, 도회의 산행과 삶의 산행이 얼마나 큰 차이가 있는가를 눈앞에서 보여주고 있었다.

신발이 스칠 때마다 산죽 무리와 풀섶에 맺힌 차가운 물기가 무릎까지 젖어왔다. 싫지 않은 축축함이었다. 물기 탓이었을 것이다. '스—가

슬렁슬렁 가는 것 같아도 할배와 할미가 멈추는 곳엔 여지없이 나물이 있었다. 사방 천지에 있을 것 같았지만 한 데 무리를 이뤄 자라는 경우가 아주 많았다. 그렇게 물가와 비알면을 오르내렸는데, 한 곳에서 5분 이상 머무르며 뜯거나 꺾지 않는 게 눈에 띄는 특징이었다.

사진 앞으로 딱주기가 보이고 바로 뒤 누르대(누룩취)가 있다. 기업적으로 나물을 뜯는 이들이 드문 때여서 일단 군락지를 발견하면 흉년 든 한 해를 너끈히 버틸 만큼 먹을 수 있는 풀이 많았다.

락—스라락' 스치는 풀잎 소리와 함께 할배 고무신에서, '뻐그덩 뻐그 덩' 소리가 났으니까. 습한 풀섶은 위험하다는 말이 퍼뜩 떠올랐다.

"뱀 나오면 어떻게 해요?

"뱀? <u>으흐흐</u>—헤헤헤"

할미가 더 우습다는 듯 배를 잡았다. 걱정하는 맘으로 말했더니 알다 가도 모를 일이었다. 저만치 가며 또 웃고, 대수롭지 않다는 듯 다시 길 아닌 비탈 숲길을 앞서 가고 있다. 한 시간쯤 씨억거리며 갔을 것이다. 떨기나무 류 바닥까지 듬성듬성 햇살이 들어오는 곳에 다다르면서 두 사 람 손놀림이 바빠졌다. 그늘진 숲길을 거쳐 올 때는 덤덤히 가더니 햇살 드는 경사면에 이르러 태도가 달라진 것이었다. 늙은이가 회춘을 한다면 저런 눈빛이 아닐까 할 정도로 생기가 돌았다. 내 눈으로 봐선 아무짝에 도 쓸모없을 풀을 부지런히 뜯는 것도 생경할 뿐이었다. 이리 간 듯해서 쳐다보면, 어느새 반대편 풀섶에 쪼그려 앉아 거친 손을 놀렸던 것이다. 그저 들었던 물정이라면 그라목손 같은 제초제로 죄 없애야 할 풀들이었 다. 주름진 늙은 손가락 새로 꺾이고 뜯겨 올라오는 것도 마치 염소가 푸 새를 뜯는 모양새와 닮은 점도 그저 신기하기만 했다.

"청옥이래요."

할미 손길이 가던 다른 풀도 궁금했다.

어느 정도 자란 청옥은 줄기만 따로 별러 갈무리해 장에 낸다고 했다. 높은 값을 쳐주는 산채였지만 뒷손질이 여간한 것이 아니었다. 나물을 뜯어온 날 할미는 청옥을 손질하며 정선 아라리 가락 한 대목을 들려주었다. 강원도 청옥산에서 많이 자라 청옥이라는 이름이 붙었다고 한다.

"딱주기지. 이— 이건 곤드레. 아휴 어데요. 몇십 년 전만 해도……만날 먹었대요. 도시 사람덜 왜 정선아라리 허잖어요? 그때 왜 딱주기 곤드레 나와잖어요. 그 곤드레……."

생각해보니 그런 거도 같았다. '눈이 올라나 비가 올라나' 목청 돋운 아낙이 별 희한한 풀이름을 대며 노래를 부르는구나! 했던 그 풀이었다. 여태 산을 다니면서 내가 밟고 지나쳤던 풀들이 저마다 이름을 지녔다는 누르대다. 실제로 할미 밥상에 올라온 누르대를 맛보았을 때 누린 맛이 나기는 했다. 하지만 이내 적응할 수 있었고 뜨거운 쌀밥에 섞어 비벼먹을 땐 다른 찬이 필요 없을 만큼 맛이 좋았다.

게 곧이 들리지 않던 순간이기도 했다. 쌕쌕 몰아쉬는 숨 틈으로 이 고을에서나 들을 수 있는 억양이 묻어날 때만 해도 그랬다. 하지만 할미와 할배는 다시 '고온—드레, 따—악주기'라며 특유의 목소리로 웅얼거리며 풀을 뜯었다. 갈라진 늙은 부부의 목소리가 새삼스레 들려왔고 그것은 목청 돋운 아낙의 쇳소리와도 어쩌면 댈 만한 것이었다. 나는 두 사람의 궁시렁대는 풀이름 소리를 등 뒤에서 들으며 지구상에서 새로운 종을 처음 발견한 식물학자 같은 표정으로 풀을 쳐다봤다.

그렇게 뜯은 풀이 어디에 쓰이는지 알고 싶어진 건 당연한 수순이었다. 그렇지 않고서야 팔순을 넘긴 늙은이 눈빛이 그렇게 반짝일 순 없을 것이었다. 손을 놀리던 할미가 다시 말을 받았다.

"지져 먹고— 볶아 먹고— 데쳐 먹고— 아무—려케나 먹지요. 헤헤헤."

밥때가 되면서 잠시 쉴 틈이 생겼다. 비닐에 담아온 밥을, 할배와 나에게 먼저 나눠주고 조금 남은 밥은 할미 몫으로 삼았다. 소금 간뿐인 누르대와 참나물 무침, 그리고 지난 겨울 김장김치가 풀밭에 차려진, 생각 같아선 더없이 초라한 밥상이었

다. 그런 밥상이래도, 바람이 불어 나뭇잎이 흔들릴 적마다 누르대와 벌건 김치 위로 햇볕이 쏟아졌다. 젓가락을 움직이는 할미와 할배의 검은 손끝이 그때마다 드러났다 사라졌다 했다. 지금도 데생으로 그 장면을 그려보라고 다그친다면, 당장 그

'덥지요?' 물으며 할미는 얼굴을 씻었다. 할배에게도 함께 씻기를 권했으나 '나는 담배나……' 했다.
국산 '장미' 담배를 하루 열다섯 개비쯤 태웠다.

릴 것 같은 착각이 들 만큼 그 살갗은 차라리 껍질이었다. 풀물에, 긴 세월 '쩔'다 보니 어쩔 수 없는 거 '아니냐'는 체념 섞인 표현도, 이제는 지남철처럼 따라붙는 기억이 되고 말았다. 나는 그날도 그 전날과 마찬가지로 '누르대' 잎과, 시어 터진 김치 앞에서 머뭇거렸다. 두 사람 손등으로 비친 볕이 내 흰 손등으로도 섬뜩하게 비췄던 점심시간이었다. 실바람에 섞였던 냄새가 되레 다행이라고 그때 생각했다. 내 몸 어딘가에서 쉰 듯한 땀내가 코끝을 지나 그저 잡초처럼만 보였던 풀로, 그리고 빼곡하고 검은 숲으로 섞이고 있었다.

산마늘로, '명(命)이' 나물로도 부른다. 이름에서 알 수 있듯 이 풀로 목숨을 연명했다는 아픈 뜻이 울릉도에서 전해오는데 대표적인 구황 식물이기도 하다. 신선초로도 불리는 이 풀은 다른 산나물에 견줘 약리 효과가 뛰어나고 인공 재배에도 성공해 대량 재배가 가능해졌다. 하지만 지금(2011)은 자연 상태에서 만나는 게 거의 불가능할 정도로 귀해졌다.

늙은 부부가 사는 외딴집은, 여간해선 찾아가기 어려운 곳에 있었다. 신작로에서 길을 잡는 것부터 신산스러웠다. 그래서 여러 차례 길을 지나쳐 다시 돌아오고 다시 찾는 실험실의 생쥐 같은 짓을 거듭해야 했다. 그나마 초입이라 여겨 들어섰다 해도 문제였다. 도대체 이 길이 맞는 길인지 아닌지 확신을 못하다가 좁아터진 막다른 길을 만나 삼십여 분 넘게 후진으로 되돌아 나왔던 어처구니없는 일도 겪었다. 마침내 찾은 길은 한길에서 꺾여 삼십 리쯤 돌투성이 길을 가는 엉뚱한 곳이었다. 지프형 차로도 어림 한 시간쯤 온갖 요동을 쳐야 겨우 닿을 수 있었다. 길이라고 해서 신작로처럼 넓은 것도 아니었다. 이 노부부가 깔고 자는 '요'를 길 위에 내다 깔면 어쩌면 그러냐 싶게 딱 들어맞을 만큼 좁았다. 물론 그렇게 좁고 지질맞은 탓에 곁을 따라 흐르는 물은 바로 떠 마셔도 무탈하고 삼십 분을 내쳐 달려도 하늘 보기 어려울 만큼 빼곡한 숲이 길 가로 펼쳐졌다. 말마따나 도회의 눈만으로 보자면 무릉이 따로 없고 눈앞이 선경이어서 그간의 고생과 원망이 한순간 씻길 정도였다.

그러나 좀 더 일찍 알았어야 했다. 길 양편 검은 숲에는 근대의 깊숙한 슬픔과 안타까움이 예까지 영향을 미쳤고 그래서 길이 닦였다는 사실들이 특히 그랬다. 그러면서 외딴집에 이르며 주로 보았던 낙엽송과 리키다 소나무, 그리고 포플러 군락은 이 산간이 한때 화전이 성했던 곳임을 여실히 보여주는 증표였다. 이를테면 그 나무들은 화전을 소개하고 녹화 사업을 하는 데 집중 선택되었던 속성수였다. 사방공사를 마친 척박한 산지에서도 잘 자랐으므로 그 나무들은 60년대 중 후반부터 우리

산하에서 집중적으로 자랐다는 문서를 볼 때는 작은 떨림도 일었다. 그것은 새마을 운동과 함께 근대화에 따른 녹화사업의 '지표수'에 다름 아니었다. 그러면서도 할미는 다른 이야기도 들려주었다. 산길이 나기 전에는 생각을 달리했던 많은 젊은이들이 이 산 언저리에서 어디론가 가려다 목숨을 잃었다는 말은 귀를 솔깃하게 하기에 충분한 것이었다. 그리고 공비들이 동해안으로 무시로 출몰하다가 급기야 울진 삼척에서 부대 급으로 침투하면서 외딴 화전 마을이 큰 변화를 겪었다고 했다. 산막 깊은 밤, 좁은 산길로 수많은 군사가 '저벅'거리며 개울 건너 '먼 산'으로 사라졌다며 당시를 회고했던 것이다.

세 시를 조금 넘기자 할배는 내려갈 채비를 서둘렀다. 언제랄 틈도 없이 '가까운 산' 능선을 타고 해는 미련 없이 넘어가 버렸다. 해지는 시간도 바다 건너 아메리카처럼 서로 다른 시간대를 사는 게 아닐까 착각이 들 정도로 도회 시간흐름과 딴판이었다. 두 사람 어깨에 멘 대리끼엔 여러 가지 산나물이 더 넣을 수 없을 만큼 빵빵해졌다. 임도로 내려서며 할배는 이 길을 곧장 가면 횡계, 용평이 나온다며 지팡이를 내둘렀다. 걸어서 하루 품을 내야 닿는 길이라고 했다. 그러면서 그곳 고을은 '나' 같은 사람은 어울리지 않는 곳인데, 다행히 저 높은 산이 막아줘 이렇게나마 산다며 직수긋이 고개를 숙였다. 물론, 할배가 가리키는 산을 나도 쳐다보았다. 해를 넘긴 '가까운 산'과 달리 '먼 산' 산자락은 넘어가는 황혼의 햇살을 받아 노랗고 붉게 물들고 있었다. 이 한여름에 가을을 느꼈던 그곳은 뜻밖에 동편이었다.

할배는 밀양 박 씨로 본디 경상북도 상주 사람이었다. 1918년(당시 7세)에 예까지 들어왔다는데, 그때를 생각하면 어찌 그 이후를 살았는지 '도통' 생각할 수도 없다고 했다. 역설적으로 들렸던 말끝을 이어준 건 할미였다. '(마음)구석이 저려온다'는 말이었고 그것은 할배의 고단했던 이주와 화전 살림의 고단함, 그리고 공비 출몰 당시의 공포감에 있는 듯했다.

그러고 보면, 경상도에서 상주 땅이라면 나라에서 알아주는 옥토로 이름난 곳이었다. 빌어먹어도 '이밥' 챙긴다는 좋은 땅 마다고, 할배의 아비가 예까지 들어온 것을 부러 챙겨 들을 까닭은 없었다. 소작권을 잃었거나 아니면 빼앗기면서 분연을 했을 가능성이 아주 높았던 시대여서였다.

"아버지가 챙긴 건 괭이, 호미. 그런 연장허고 볍씨래. 그게 중했에요. 그걸 싸들고 왔데지요. 헌데 와보니까(달포 걸려서) 한 백여 호 살드래요. 맨 민둥산에다 불 질러 먹은 화전. 그래 심을 수(볍씨)가 있어야지. 그래, 어떻게 변통해서 옥수수, 감자 심었어. 그러다 아버진 그냥 가셨데지요."

상주 너른 들을 잊지 못하고 화전 연기 속에서 눈을 감은 건 할배의 아비였다. 아니 매운 연기에 눈을 감을 수 없었을지 모른다는 말을 하고 싶었을지도 몰랐다. 조나 수수 씨를 뿌리면서도, 모내기하던 고향 노랫소리를 내내 잊지 못했다는 할배의 지나가는 듯했던 독백은 산간의 처지와 들의 처지를 선연히 가르는 준엄한 내용이었다. 이는 여러 차례 찾아가 머무르는 내내 실감났던 부분이기도 했다. 모내기 어름에서 빨라

지는 절기감과 그 무렵 부드러워지는 바람결의 섬세함을 바로 아랫대인
할배가 까마득히 모른다는 것이었다. 진술을 듣고 정리하는 나로서도
그것은 안타깝고 난감한 일이었다.

　그날 해거름 무렵, 할미 손놀림이 빨라졌다. 뜯어온 나물을 서둘러

할배와 할미는 전기가 들어오지 않는 곳에서 80평생(취재 당시)을 산, 우리나라에서도 매우 드문 사람이었다. 전화는 들어오는데도 전기가 들어오지 않아 전력국에 여러 차례 문의를 했지만, 그 먼 곳까지 전봇대를 '박'을 수가 없다는 것이었다. 애가 쓰이고 내내 불편을 느낀 건 도리어 나였다. 마당으로 나서다 토방에 걸려 넘어지기도 하고 중 머리 더듬듯 엉뚱한 곳에서 물건을 찾기도 했다. 그러나 그런 시간도 그리 오래가지 않았다. 사흘이 지나고 찾아가는 횟수가 늘면서 눈이 열리기 시작한 것이다.

삶아내야 했다. 날이 어두워지면 눈이 어두운 늙은이에게는 사고로 이어질 수 있었다. 물론 전기가 없으니 저장할 냉장고도 없고 재미난 극을 볼 수 있는 텔레비전도 없다. 이것저것 거드는 시능을 하다가 할미가 불 때는 정지로 들어갔다. 세 사람 들어가면 운신하기 사나울 만큼 좁고 낮았다. 할배 할미를 둘러싼 산은 끝이 보이지 않을 만큼 시커멓고 넓은데, 두 사람 사는 집은 방도 좁고 정지도 좁으며 심지어 부뚜막까지 작았다. 솥 위엔 며칠 전 캔 영지버섯이 도드라지게 흙벽에 걸리거나 놓여 있었다. 그나마 살림을 기대할 수 있는 것이었다.

따스하게 달아오른 부뚜막에 슬그머니 앉았다. 솥에 부은 물이 끓기를 기다렸다. '따다닥— 딱' 소리가 정지로 몰려드는 저녁 공기에 맞서고도 있었다. 할미는 아궁이에 불을 지피다가 데쳐 낼 나물을 고르며 자식은 몇 됐냐며 묻고, 각시는 얼마나 예쁘게 생겼냐고 웃으며 말했다. 그러다가 관솔 넣어 지핀 '코글'을 아느냐고 또 웃으며 물었다. 십여 년 전 삼척 대이리 근동에서 그 특이한 난방 겸 조명 장치를 취재했던 터여서 나도 웃으며 대답했다. 그러다가 다시 탁!하고 큰 소리가 나더니 새카맣게 그을린 천정으로 혼불처럼 불씨가 날아올랐다. 할미는 호롱불 아래서 밤새 삼 삼았던 지난날 얘기를 아궁이 앞에 주저앉은 채 들려주었다. 혀에서 입술로, 무릎에서 다시 입술로, 그렇게 밤 가는 줄 모르고 삼다 보면 이 깊은 산간에 눈 내리는 소리가 '정말' 들렸다고 했다. 나는 눈 내리는 소리가 '정말' 들렸다는 할미 말을 티끌의 의심도 없이 곧이곧대로 믿었다. 일 하면서 취재원의 말을 검증 없이 그대로 믿었던 건 아마도 그때가 처음이었을 것이다. 뽕 팔았던 이야기가 나오면서 솥에서 김이 나기 시작했다. 그것을 팔아 읍내 장에서 고등어자반 한 손 사 반나절 걸어올 때면, '세상이 내 것같이 행복했다'는 얘기를 들려주면서였다. 그런 한 편으로 수심이 있어 보였다.

"옛날엔 그래도 쪼금 낫드래요. 지금은 수입 나물이 많아서…… 없이

할미가 나물을 무쳐낼 때 쓰던 양념은 단지 소금이었는데 이 부분은 내가 쉽게 넘어서기 어려운 부분이었다. 참기름, 조미료, 마늘, 파 같은 온갖 양념에 익숙했던 터라 원재료 맛을 부러 즐기지 않는 이상 그것은 환자식과 다를 바 없었다. 하지만 시간이 지나면서 자연스레 동화되었는데 사람이 적응한다는 게 무엇인지 실감나게 느꼈던 거 같다.

사는 사람들이 당장 쓴데 어쩌래요. 다 맘 알아요."

　팔순을 훌쩍 넘긴 이 늙은 부부는 한 해에 이백만 원 남짓 버는 듯했다. 풀 뜯어서 백만 원쯤 벌고, 겨울엔 바다로 물고기 내장을 따러 나가 마저 백만 원을 벌었다. 밤을 이어가는 동안엔 자연스레 자녀 이야기도 나왔다. 여섯 남매를 뒀으나 도움 받을 처지가 못 된다며 가슴팍께로 부부는 손을 쓸어내렸다. 그러고 보면, 고되고 끝 간 데 없이 거칠기만 했던 된비알 다락밭이었다. 벼를 심을 수 없었던 환경은 생각을 뛰어넘는 고통이었고 그 자체로 신분이 갈렸던 시대였다. 쌀이 아닌 잡곡을 키워

밥상을 정지 바닥에 놓고 상을 차리면서 할미는 "지난 접때는 양은 상이었어요." 하며 누르대 무침을 내려놓았다. 나는 '아이고 또 누르대네……' 하고 속으로 되뇌었다. 이날 된장찌개와 풋고추 누르대 무침으로 저녁상을 차렸고 할미는 찬물에 밥을 말았다.

거둔 몇 푼의 돈을 아이들 가르치는 데 쓰기에는 언 발에 오줌을 눌 수밖에 없는 절박한 현실이 앞을 가로막았다.

할미는 할배와 달리 이 골짝에서 태어났다. 경주 최 씨라는 본관을 할미가 알고 있는 것을 나는 시간이 지나면서 다행스럽다고 생각했다. 물론 당연한 수순으로 할미 아비의 고향도 묻고 싶었다. 이야기를 끌어내 앞으로 치고 나가려면 반드시 거쳐야 할 관문이었다. '그이'가 태어나고 성장했던 고을의 인문, 자연지리적인 환경이 오늘의 '그이'를 풀어

내는 데 더없이 중요한 연결 지점이어서 포기할 수 없는 문제였다. 하지만 이곳으로 이주해온 세대를 할미가 거슬러 기억해낸 것은 2대에 그치고 말았다. 불과 60여 년 만에 세대의 끈을 놓친 이러한 일들은 화전과 같은 가난한 이의 유이민 역사에서 매우 중요한 문제로 다가왔고, 한번 부딪혀 보겠다는 욕심을 내게 된 것도 바로 그때였다. 이는 고산 종가나 퇴계 종가가 근 오백여 년을 이어온 것에 대면 그이들의 이주 자체가 얼마나 지난했는가를 능히 짐작할 수 있는 부분이었다. 말하자면 이 골짝의 유랑 어린 거친 삶이 할미와 같은 그이들의 누대에 걸친 가족사를 가뭇없이 짓눌러버린 셈이다. 할배의 아비가 상주 너른 들을 그리워하며 화전 연기에 넋이 돼 산화하고, 할배와 그 자손들 또한 이 질곡에서 벗어나지 못한 일들은 죄 이를 반증하는 엄연한 우리 역사였다.

젓가락만 하던 양초가 다 타들어 간 거 같다. 할배는 타들어간 시간만큼 이 골짝에 얽힌 전설 한 토막을 들려주고, 또 이 골은 본디 장재벌이었다며 숙종 때 얘기를 들려줬다. 한참 솔깃해 듣는데 할미가 처음 들었던 전설에, 정선 아라리 한 대목이 있다며 노래를 부른다.

"도람 봉두거니(야) (저거나서)스물네 나드리 건너 신 호장네 맏며느리(가) 사람 살려줬네. 아리랑—아리랑—아라리요."

굵게 쉰 목에 군데군데 묻어나는 맑은 목소리가 좁은 방안에 가득 찬다. 노래가 끝나고 할미는, '도람'은 이 골의 옛말이고, '스물네 나드리'는 돌다리가 스물네 개를 뜻하며 '호장'은 요즘 물정으로 쳐 면서기쯤 된다고 일러주며 정지에서 물을 때처럼 웃는다. 노래를 들은 건 상을 내간 지 두어 시간이 지나면서였다. '호—쩍 호—쩍' 하는지 '소—쩍 소—
쩍' 하는지 새소리를 분간하려고도 했다. 방 하나를 둘로 나눈 건넌방에
서 할미가 고개를 내밀고 있다.

"이불! 다—아 패났세요."

아침이 되면 도회로 떠날 마지막 밤이었다. 인사를 드리고 건넌방으
로 들어서자 따스한 방바닥 기운이 느껴졌다. 할배 할미 방에서 새어 든

촛불에 이미 꾸려 놓은 사진장비 가방도 어둑하게 드러나 있었다. 그리고 그 곁에 제법 크게 포장된 검은 비닐봉지가 눈에 띄었다. 살짝 이불을 걷어 앉으며 비닐봉지를 열어 보았다. 말린 취와, 곤드레, 그리고 누르대가 담겨 있었다. '호—쩍' 인지 '소—쩍'인지 하는 새소리가 다시금 들려왔다. 이불을 들춰 살며시 몸을 뉘었다. 젓가락만 했던 양초가 꺼진 것도 바로 그때였다.

그믐께

발동이 걸려 있었다. 섣달을 앞둔 싸늘한 바람에도 버스 차체에선 열기가 미쳐왔다. 매연이 섞여 있었으나 찬바람에 대면 그렇게 싫지는 않았다. 미등을 켠 채 서있는 버스는 차부상회와 야릇한 대조를 이루며 저녁을 맞고 있었다. 도회 마트처럼 농협 연쇄점이 새 단장하면서 차부상회는 막살이집처럼 초라해졌다는 사람들 말이 떠올랐다. 온기 머금은 버스를 에돌아 천천히 차부로 들어갔다. 우두커니 객을 맞는 차부집 주인은 여전했고, 털옷을 둘러 입은 할미와 말쑥한 차림의 남자가 낡은 텔레비전 화면을 올려다보고 있었다. 버스가 떠나려면 삼십 분이 남아있는 시간이었다.

직행버스 회차 지점이 이곳 차부상회였다. 하루 세 차례 차편이 있었는데 밤 여덟 시 무렵 차부에 닿는 버스는 어김없이 이 마을에서 하루를 묵어야 했다. 더 나아가 갈 길이 없는 것은 아니었다. 하지만 지질맞은 임도 수준이었고 더구나 그곳은 섬뜩한 느낌으로 마법이 이어질 거 같은 거대한 숲이었으며 까마득한 능선 길이었다. 사람들은 그런 마을 환경을 탓하며 떠났지만 차부는 꿈쩍도 않고 오십여 년을 버티고 있었다.

버스 기사는 학원을 다니지 않고 '스빠나'로 맞아가며 운전을 배운 조수 출신이었다. 이를테면 시발택시 다니던 개발시대의 운전수처럼 이이는 독보적인 이력을 자랑했는데 회사나 완력 있는 동료들도 그런 이이의 경력 탓에 함부로 하지 않는 눈치였다. 관광버스 지입을 바라고 있지만 형편이 여의치 않아 어려울 거라며 기사는 입맛을 다셨다.

　　읍내에서 이 마을로 들어올 때, 지금 텔레비전 보는 기사를 처음 만났다. 더 가지 못하는 산길로 끝없이 펼쳐진 소나무 숲과, 이따금 제 영역을 넓혀가는 참나무와 떨기나무 무리의 초겨울 모습을 담기 위한 설레면서도 두려운 여정이었다. 특히 잎과 줄기의 생기 있던 흔적들이 바람결처럼 흩어지는 철이어서 숲의 변화를 담아내는 데 이때는 무엇보다 중요했다. 읍내에서 시간이 맞지 않아 막차를 탄 것인데, 차를 기다리는 빈 시간 동안 터미널 가까운 우체국에서 전자우편 검색을 하다 그만 버스를 놓칠 뻔했다.

버스기사가 제 늙은 어미를 모시고 딸과 함께 사는 집이다. 일을 마치고 떠나는 날, 나는 두 차례 읍내를 왕복한 기사 집에 들러 점심을 얻어먹었다. 할미가 상을 차리고 아이가 거들었던 밥상엔 말린 호박 나물과 김치, 그리고 간장에 조린 꽁치가 놓여 있었다. 오후 들어 기사가 서둘러 차부로 먼저 나가고 나는 아이 할미와 마을과 소나무 숲에 얽힌 이야기를 들었다. 그리고 다시 고샅을 빠져 나올 때 기사의 집 지붕 굴뚝으로 연기가 피어올랐다.

버스를 기다려준 기사는 그만하면 젊은 축에 들었다. 여느 기사와 달리 배도 나오지 않았고 날렵한 몸매에 제법 잘생긴 외모를 지니고 있었다. 정부 요원처럼 짧게 깎은 기름 바른 하이칼라 머리는 어쩌면 충무로의 미남 배우를 닮은 듯도 했다. 그런 만큼, 이 마을에 머물며 들은 이야기도 여럿 있었다. 이웃한 고을 양품점 여자와도 소문을 냈던 풍문의 주인공이기도 했는데, 그 말들이 헛것이 아닐 거라는 믿음은 온전히 이이의 외모 때문이었다.

시선을 돌린 기사가 반가운 낯을 지으며 의자를 권했다. 마을을 나가려면 지금 이 차를 타야 한다는 말을 하면서였다. 그러면서 같은 시간 읍내에서도 같은 시각에 출발한다는 사실을 종례 시간 담임선생처럼 덧

소나무와 신갈나무, 그리고 물오리나무는 마을 뒤로 끝없이 펼쳐진 숲의 주인이었다. 초겨울로 접어드는 숲은 무척 아름다웠지만 눈이 내렸으면 하는 바람도 있었다. 하지만 눈을 기다리기엔 어려운 날씨였다. 버스 기사는 조금만 기다리면 볼 거라고 했지만 나는 마음이 바빴다. 사진은 버스 기사가 사는 곳에서 멀지 않은 산등성이를 수년에 걸쳐 오가며 찍은 것이다. 산등성이까지 치오른 화전이 정리 되면서 속성수인 낙엽송을 무리지어 심었다. 이 길을 따라 한 시간여를 내달리면 바다가 나오고 이렇듯 별스럽다 싶은 낙엽송 숲이 펼쳐졌다.

생활에 쫓기는 형편이어도 나름대로 여유를 잃지 않으려고 애쓰는 버스 기사 모습은 나로서도 본받을 만한 점이었다. 수시로 나에게 음료를 건네며 '이게 그래도 영지요' 하며 웃어 보일 때는 말 언저리를 감싸는 온기라는 게 뭔지를 절절히 실감할 정도였다.

마을 차부에서 해지는 서쪽으로 오백여 미터를 가면 길이 끊어졌다. 더 갈 수 없다는 게 무엇을 말하는지, 거대한 산줄기가 눈앞에서 현실로 자리 잡고 있었던 것이다. 그렇다고 길이 아주 없는 것은 아니었다. 산중턱까지 임도가 닦여 있었는데, 재목을 반출하려고 일제가 만들었던 제법 오래된 임도였다. 마을사람들은 그렇게 오르는 길가로 염소를 치기도 했고 어떤 이는 벌통 여러 개를 놓아 살림에 보태고 있었다.

붙이며 머리를 쓸어 올렸다. 웃는 모습 양미간으로 주름 골이 잡혀도 여자를 후리기엔 여전히 무리가 없어 보였다. 버스 기사는 사실 이 마을 출신이었다. 일찍 혼인 했으나 몹쓸 병으로 제 처를 잃고 늙은 어미, 그리고 중학에 들어간 딸과 함께 사는 홀아비이기도 했다.

버스 기사도 여러 번 말했지만 차부를 낀 마을에선 이따금 돼지를 잡았다. 지리산 가까운 먼 고을에서 우연히 입식한 흑돼지였다. 두어 달 터울로 도회에서 주문이 들어왔는데 한 마리 잡아 보내면 사십만 원 가까운 목돈을 쥘 수 있었다. 소나무와 신갈나무가 팽팽하게 맞서는 육부 능선에서 마무리 사진을 찍고 내려올 때, 돼지 잡는 모습을 운 좋게 볼 수 있었다. 마침 비번이었던 기사를 나는 그곳에서 다시 만날 수 있었다. 그이는 이것저것 말참견을 하며 마른침을 넘기고 있었다. 하이칼라 머리를 쓸어 올릴 때마다 방금 다녀온 신갈나무 숲으로 누렇게 해가 기울고 있었다.

그러니까 대여섯 집에서 흑돼지를 키우는 모습은 좀 남달랐다. 요즘처럼 큰돈을 바라지않고, 말하자면 육칠십 년대 가내 부업으로 한두 마리 기르던 것과 닮아 있어서였다. 특별히 사료를 쓰지 않고 마을에서 나오는 음식물과 쌀겨를 구정물에 버무려주는 식이 특히 그랬다.

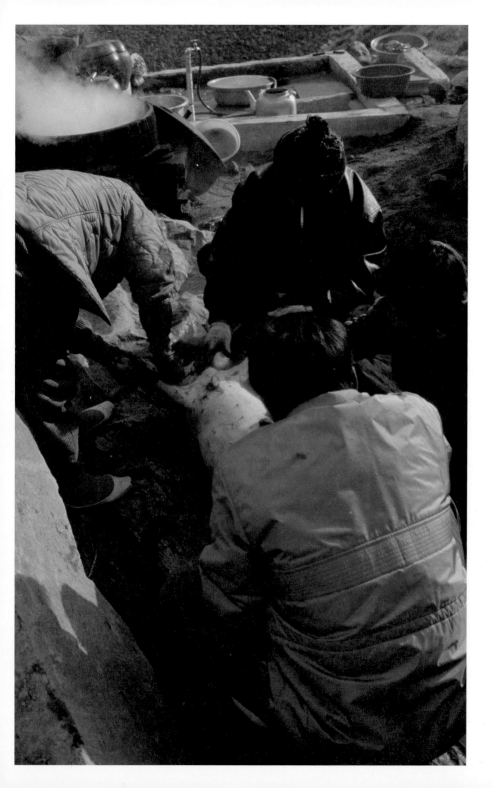

마을에서 거둘 수 있는 품만큼만 치는 게 신기할 정도로 여겨졌지만 실제는 남다른 사정도 있어 보였다. 사람들은 떠날 궁리에 더 골몰해 있었고 궁벽한 산골 살림을 정리 못해 안달하는 속내를 대놓고 드러냈던 일들이 대개 그러했다. 그런 마을 사람들을 버스 기사는 적당히 혀를 차며 동정하기도 했다. 특이하게, 그런 낯은 이이를 무척 인간답게 보이게 했고 보는 이를 파고드는 묘한 매력이 있었다. 그러면서 도시 맛을 볼 수 있는 제 직업에 만족해했는데, 이만하면 성공한 축에 든다며 안분지족이란 말이 무색할 만큼 스스로를 위로하기도 했다.

폐업으로 버려져 있는 여인숙 뒤편 네 칸짜리 외통형 집은 기사가 사는 집이었다. 돼지 잡던 날 아쉬움이 남았던 기사가 제 집으로 이끈 것이었다. 차부상회에 대면 그나마 나은 형편이었지만 낡고 헐해 보이기는 매한가지였다. 하지만 슬레이트 지붕에 비스듬히 매달린 시멘트 굴뚝 뿌연 연기가 더없이 정겨웠던 집이기도 했다. 뒤따라 들어선 마당에서 빤히 뵈는 정지로는 마침하게 오후 햇살이 미치고 있었고, 그 문가 자리에 한 여자 아이가 벌레 먹은 서리태를 골라내고 있었다. 그러니까 첫날 막차를 타고 이 마을에 닿았을 때, 어둑한 차부상회 형광불빛 앞에서 손을 흔들던 바로 그 버스 기사의 딸이었다.

똥돼지로 불리는 토종 흑돼지였다. 경남 함양 마천의 등구 고을(1994년)처럼 변소를 2층 구조로 만들어 키우는 것은 아니었다. 보통 가내 부업 형태로 한 집에 두어 마리쯤 길렀는데 마당 건너 대문 쪽에 우리를 만들어 치고 있었다. 대량으로 사육하는 흰 돼지보다 시세가 삼사 할쯤 높았지만 근 수가 적고 성장이 더뎌 실속이 없다고 했다. 물론 맛을 보기도 했다. 돼지비계 껍질 층이 두텁다는 점을 첫눈에도 알 수 있었고 부드럽고 고소한 맛이 풍미를 더하는 듯했다. 돼지를 치지 않고 공장식으로 생산하는 것과는 분명한 차이를 보였다.

그날 아이는 햇밤을 쪄내 옹색한 대청마루에 내며 나에게 꾸벅 인사를 했다. 이웃에서 얻은 밤으로 큰 것을 골라 쪘다는 말이 지금도 기억에 선연한 홀아비의 딸은 중학에 다니고 있었다. 그리고 찻숟가락으로 밤을 파먹기 시작할 때 아이는 뭔가를 잊었다는 듯 다시 한 번 음료를 내왔다. 그것은 제 어미를 잃은 세월만큼 오래된 시간을 그대로 보여주는 '구론산' 드링크였다.

미련을 더 둘 것도 없다는 듯 버스는 마을을 벗어나기 시작했다. 읍내로 나가거나 들어오는 차는 없어 보였다. 어둑한 길이었지만 저녁노을이 짙어가는 시간이었다. 길과 하늘이 빚어내는 설명할 수 없는 대비는 이 산골 마을이 갖는 유일한 낭만처럼 여겨지는 순간이었다. 젊은 트로트 가수의 테이프를 듣다가 라디오 뉴스로 바꾼 지 얼마 지나지 않아 산모롱이 근처에서 마주 오는 커다란 자동차 불빛이 보였다. 기사가 말한 읍내에서 출발한 막차였다. 버스는 다리 난간이 시작하는 지점을 지나며 서로 운전석을 비켜대고 멈춰 섰다. 한 시간 남짓 걸리는 읍내 길에서 제일 위험한 곳이었다. 새로 놓은 다리는 족히 오 층 높이는 돼 보였고 어둠에 잠긴 계곡이 그저 아득했다.

올해 중학에 들어간 아이가 눈에 띄게 말수가 줄었다며 기사는 걱정하는 눈치를 보였다. 막차로 들어올 때마다 차부에서 마중하는 딸을 보면 이상하게 이웃 고을 양품점 여자가 떠오른다며 죄책감을 드러내기도 했다. 나는 그 말에 피식 웃었지만 기사는 심각한 듯했다. 에두를 거 없이 양품점 여자와 살림을 차려도 뭐랄 사람은 없었다. 냉장고도 있고 텔레비전도 있어서 신접살림처럼 돈 들 일도 없을 터였다. 그 와중에도 딸아이는 수십 억 빛깔이 가슴으로 물들어 가는 질풍노도의 시기를 제 스스로 다독이고 있었다.

마을을 벗어나 십여 분 달리면 새로 놓은 큰 다리 아래로 옛 다리가 나타났다. 부스러져 초라할 따름이었지만 버스 기사에게 이 다리는 남다른 추억과 아픔이 있는 듯했다. 먼저 간 처의 신접살림이 건넌 곳이었고, 읍내 조산소에서 아이를 낳아 돌아올 때도 이 다리를 건넜으며, 아이 어미가 마지막 숨을 거둘 무렵 딸아이 손을 잡고 서둘러 병원으로 달려가던 길도 바로 이 다리였다. 대체로 이런 다리는 온 나라 곳곳에 아직도 남아 그 고을의 생로병사와 희로애락을 말없이 증언하고 있기도 하다.

"밥 묵었니껴."

"시래기 구빱 미기따. 교차로가 새로 와뜨나?"

다방 여자를 말하는가 싶더니, 기사는 내게 눈짓을 한 다음 작정하고 말을 나누었다. 오가는 차도 없었고 버스 안에는 고추를 실었던 할미와 나뿐이었으므로 어려울 건 없었다. 낭떠러지 난간을 두고 대화는 거침없이 이어졌는데, 목소리는 깊은 산간 그대로 오롯이 들려왔다. 27호차 심가라는 기사가 개인면허를 내게 됐다는 말도 귀에 들어왔다. 기사는 적잖이 놀라는 눈치를 보이며 누가 들어도 태나게 부러워하는 말씨로 대꾸했다 읍내에서 중장비를 하는 친구나 법무사 사무장으로 힘께나 쓰는 동네 선배도 부러워 않던 그이였고 보면 뜻밖이었다.

버스는 다시 어두워가는 저녁 길을 재촉하는 듯하더니 이윽고 재빼기를 넘고 있었다. 고개를 내려가면 전등불빛 많은 읍내가 나올 터였다. 멀리 능선 쪽으로 해지는 모습이 버스 안으로 들어와 아득하게 까무러쳤다. 그럴 즈음 싸늘하게 찬 공기가 미쳤다. 운전석 옆 유리문을 열며 기사가 담배를 꺼내 물고 있었다. 배추 값이 폭등했다는 라디오 뉴스가 기사가 내뿜는 담배연기에 속절없이 섞여들고 있었다. 그믐이 가까워 오고 있었다.

간척으로 조성된 들로 많은 오리 떼들이 내려앉고 날아올랐다. 마을 사람들은 시큰둥했지만 내 눈엔 그저 신기하기만 했다. 아이들을 처음 만나던 날도 이렇듯 오리가 날아올랐다. 비행 방향이 바뀔 때 마다 '시―이릭' 하는 날선 소리가 하늘에서 들려오기도 했다.

아버지의 바다

가까운 곳에 바다가 있었다. 산골소년의 낯같이 수줍어보이는 바다
였다. 언뜻 저수지처럼 보여 겨울이면 얼음을 지칠 거 같았고, 여름철엔
멱을 감을 수 있을 거란 생각이 들만큼 친근했다. 민물처럼 여겨져 붕어
나 잉어를 낚을 수 있을 거 같은 엉뚱한 생각도 그래서 들었다. 바람은
그곳에서 갯가를 지나 붉은 밭의 이랑을 타고 불어왔다. 메마르고 차가
울 거 같았지만 축축한 느낌이 드는 게 별스러웠다. 하지만 끄무레한 하
늘 아래 저수지 같은 수면 위를 보면 어찌 저곳에서 바람을 만들 수 있

이웃들은 때때로 물고기를 거저 주기도 했다. 십대 후반에 이르렀던 무렵 큰 아이
는 그런 물고기를 대체로 말려 보관했는데 내가 일을 마치고 마을을 떠날 때면 말
린 물고기를 싸줄 때가 적지 않았다. 빨랫줄에 말린 간재미를 마늘 다진 간장을 살
짝 뿌려 쪄내 살점을 발라 먹으면 '괜찮을 거'라는 말도 큰 아이가 한 말이었다. 복
귀한 다음 실제로 해봤는데 단박에 소주 생각이 날만큼 맛이 좋았다.

바다는 신기하게도 호수처럼 보이기도 했다. 특히 멀리 보지 않고 낮은 위치에서
보면 더욱 그랬다. 그러나 아이들은 한 번도 호수를 본 적이 없어서 구별할 수 없
다고 했다. 처음엔 귀를 의심했으나 그만큼 여행을 한 거리가 짧다는 반증이기도
했다. 그래서 내 말에 귀를 기울이며 호기심을 보일 때가 아주 많았는데, 우리나라
에 있는 호수는 수면이 좁아 대체로 차분한 특징이 있다고 설명했다.

을까 하는 신기한 생각도 들었다.

처음 아이들을 만났을 때, 바다는 아니지만 내 사는 곳에도 큰 호수가 있다는 말을 자랑처럼 들려주었다. 아이들은 그때까지 호수를 본 적이 없어서 바다와 호수가 어떻게 다른가를 두고 여러 질문을 했다. 나는 그 차이를 쉬이 설명하지 못해 민물이란 짧은 낱말로 저 바다와 얼음지치는 물의 차이를 얼버무렸다. 하지만 아이들은 좀 더 구체적으로 들려주길 원했다. 궁금증과 호기심을 피할 수 없을 거란 생각도 들었다.

아이들이 살고 아비가 살았던 곳은 많은 눈이 오는 곳이었다. 하지만 북부 내륙 지방과 달리 물기를 머금을 때가 많아 이내 녹았다. 아이들 아비가 부러워했던 논을 등지면 낮게 드리운 구릉지에 보리밭이 있었고, 감탄을 자아낼 만큼 그것은 맑고 깨끗한 풍경이었다. 그래서 무턱대고 밭에 들어갔는데, 몇 발짝 지나지 않아 신발 자체를 움직일 수 없을 정도로 많은 흙이 떡처럼 엉겨 붙었다.

그래서 바다는 짜고 사나우며, 저수지는 먹을 수 있고 잔잔해서 훨씬 안전하다는 말로 대신했지만 어려운 건 마찬가지였다.

　　아이들 집을 나서 바다를 등지고 시멘트 길을 십여 분 걸어가면 논이
나왔다. 갯가에 붙은 붉디붉은 밭에 대면 논은 메주콩 빛깔처럼 연한 빛을
띠고 있었다. 지평선을 볼 순 없어도 넓이를 쉽게 가늠하기 힘든 너른 들
이기도 했다. 어떨 땐, 중학교 입학식 날 운동장에 줄지어선 머슴아들처럼
힘 있어 보였으며 때론 희망적으로 보이기까지 했다. 아이들은 그들을 곁
에 끼고 학교를 다녔고 장을 보거나 군것질거리를 사러 다니기도 했다.

올해 스물이 된 처녀 아이는 제 아비를 도와 살림을 꾸리면서 여섯 살 아래 남동생을 제 아이처럼 키운 살림꾼이었다. 이따금 어미를 찾던 동생이 중학에 들어가면서는 엄마 말조차 입 밖에 꺼내지 않는다며 안쓰러워 할 만큼 처녀 아이는 성정이 깊었다. 농협 연쇄점 판매 사원 면접을 앞둔 날 아이들과 바다에 나와 찍었다.

면 소재지로 난 길을 갈 때면 버스를 탈 때도 있었지만 대게는 걷거나 자전거를 탔다. 그 길을 여러 차례 동행하며 아이들이 갖는 생각을 들을 수 있었던 건 어찌 보면 자연스러운 일이었다. 들었던 말 가운데는 망연하게나마 해석이 필요한 내용도 있었다. 그러니까 바다보다 호수가 더 좋을 거란 말과, 그렇게 좋을 거 같은 호수가 있는 소도회에 사는 나를 부럽게 쳐다본 게 대개 그러했다. 다행스러운 일은 그 호수 이야기 언저리에서 아비에 대한 기억들을 조금 들을 수도 있었다는 점이었다. 돌이켜 보면 그 시간, 한겨울에도 파랗게 싹을 틔운 마늘과 월동 배추를 보며 나는 무척 새삼스러워했고, 까닭 없이 마음이 오그라들듯 저며졌던 것도 그 무렵이었다.

길을 함께 걸으면서 맞는 바람은 그나마 나았다. 갯가처럼 모질지 않기도 했지만 무엇보다 논을 보며 따라 걷는 것이 편안해서였다.

이는 아이들도 같은 생각인 듯했다. 더구나 과자나 소시지 같은 맛난 찬과 군것질거리를 사러 가는 날이면 그 길은 누런 들녘과 썩 어우러지며 걸음을 한결 가볍게 하는 마력이 있었다. 특히 아침 무렵, 새처럼 들로 내려앉는 맑은 햇살은 아침을 짓기 위해 정지로 나서는 어미의 정결함 같은 것도 느껴져 더욱 신비로웠다.

시멘트 길이 끝날 때면 간이 주유소가 나왔다. 도회의 세련된 모습과 달리 지붕도 없이 주유기만 덩그렁 했지만 아이들은 이곳 기름 냄새를 큼큼거리듯 탐하는 게 분명해 보였다. 그것은 머무르는 내내 이해하기 힘든 부분이었다. 아이들 집 주변으론 상큼한 갯내와 붉은 밭의 묵직한 흙냄새가 어울려 누가 맡아도 부러워할 정도였는데도, 아이들은 코를 자극하는 기름집 냄새에 더 끌리는 듯했다. 사실 아비의 작은 배를 타면 이런 냄새가 나기는 했다. 중고 화물트럭 엔진을 뜯어 동력을 얻었던 배에선 이렇듯 기름 냄새가 진동하곤 했다. 수리에도 능했던 아비는 때때로 아이들을 조수로 쓰기도 했고 그럴 때마다 처녀 아이는 라면이나 안주 거리를, 그리고 어린 둘째 머슴애는 스패너를 들고 아비를 도왔다.

주유소는 농협에서 꾸리는 것이어서 예금 취급소를 두고 있었다.

나라에서도 아이들을 보살폈지만 마을 사람들도 매한가지였다. 그래서 바다에 생계를 댄 이들은 물고
기를 나눠줬고 농사를 짓는 이들은 곡식으로 그 맘을 전하기도 했다. 나는 이런 모습을 보면서 한 가
지 의문이 들기도 했다. 도회에 나가면 세상인심을 탓하는 말을 종종 듣는데 그 말이 과연 맞는 걸까
하고 회의가 들었던 것이다. 그 무렵 나는 냉탕과 온탕을 오가는 서로 다른 세상을 오간 것도 같다.

도시 편의점처럼 예쁜 연쇄점도 함께 차려 마을 사람들 살림을 돕고도 있었다. 그리고 아비가 벌어놓은 돈을 찾아 동생 머슴애에게 '싸만코'를 사주며 어른스레 잔소리하는 모습도 연쇄점에서 훔쳐볼 수 있었다. 특이했던 건 아이들이 아이스크림과 식용유, 그리고 화장지 같은 생필품을 살 때에도 아스라이 석유냄새가 미쳐왔다는 점이었다. 달리 보면, 그것은 연쇄점 온풍기에서 새나온 것일지도 몰랐다. 하지만 큰 유리창 밖우두커니 서있던 주유기는 내가 맡은 냄새가 저곳에서 온 것임을 확신

바다는 집에서 이 백여 미터쯤 떨어져 있었다. 처음 집이 들어설 땐 곳곳에서 스미는 짠물로 여간한 고생이 아니었던 전형적인 갯가집이었다. 특히 이처럼, 겨울 끝 무렵 조심스레 봄을 말할 때가 되면 바다에서 부는 바람은 중부 내륙 산간처럼 매서웠다. 그러면서도 탱자나무 가시 울타리며 사철나무 잎들이 짙푸르게 제 빛을 드러내는 게 마냥 신기했다. 잎들은 참기름 두른 듯 한결같이 햇볕에 반짝였고 그것은 아버지의 바다도 마찬가지였다.

하게 해주었다. 그러면서도 아이들뿐 아니라 점원과 물건 사러 온 할배나 할미들은 그런 냄새 따위 안중에도 없어 보였다. 나는 그날, 군것질거리와 음식물을 사는 두 아이를 물끄러미 바라보며 아직도 바다에 머물러 있는 아이들 아비를 생각했다.

주변사람들은 불행한 사고라고 들려주었다. 새벽녘 바다로 나간 아비 배는 부표를 연결한 밧줄에 배가 걸리며 엔진 속도를 어쩌지 못해 순식간에 물속으로 빨려 들어간 일을 두고 그렇게 말했다. 그것은 혀를 끌끌 찰 충분한 일이 되었으며, 목숨의 어처구니없음을 대놓고 드러내는 것이기도 했다. 하지만 잔잔한 바다처럼 보인 것은 설명하기 어려운 문제였다. 저수지처럼 평화로워 보였으며, 더구나 얼음 지치고 멱을 감을 수 있을 거도 같은 그런 바다에서 들었던 말치고는 참으로 황망한 것이었다.

집으로 돌아갈 땐 걷지 않고 버스를 탈 때가 많았다. 하루 네 차례 갯가로 향하는 버스를 기다리며 처녀 아이는 백여 미터 남짓한 거리를 오가며 면 소재지 길가 상점을 들여다보기도 했다. 하지만 자세히 보지 않았고 그럭저럭 시간을 때우는 식이었다. 하물며 그 또래 처녀 아이들이 설렐 법한 화장품과 옷을 진열해 놓은 양품점을 지날 때도, 아이는 진저리 날 만큼 무심하게 지나쳤다.

집으로 돌아가는 버스엔 갯가 끝으로 가는 것이어서 사람이 많지 않았다. 다행스러운 일인지 판단조차 서지 않았지만 버스 안엔 연쇄점처럼 기름 냄새가 났다. 툭하면 고장이 잦았던 배 탓에 아비 몸에선 물고기 비린내보다 기름 냄새가 더 났다는 말을 처녀 아이는 돌아가는 길에 들려주었다. 집에 닿을 즈음, 빈 집 철문을 밀치고 들어가는 게 마음에 걸렸다. 개를 키우면 어떻겠느냐는 말이 돌이돌이 입에서 맴돌 때, 내내

따라붙던 논이 사라지며 바다가 다시 나타났다. 그것은 저수지처럼 차분했고 심지어 은빛으로 반짝거리기까지 했다. 나는 천천히 사진기를 꺼내 바다를 파인더로 끌어들였다. 초점이 맺히며 스크린 가득 저수지가 들어왔다. 아버지의 바다였다.

첫여름

아침저녁으로는 쌀쌀한 날씨였다. 깊은 산간 고을인 탓도 있지만 여름을 말하기엔 이른 감도 있었다. 이 무렵 건강하던 할미는 그때마다 삭정이를 제 무릎에서 부러뜨리고 불을 지폈다. 플라스틱 굴뚝으로 채 빠지지 못한 연기가 이렇듯 뒤란 풀밭으로 번져 나가는 모습은 자못 몽환적이기까지 했다. 이 장면을 신기하게 바라본 건 계집아이였다. 낮은 기압을 어쩌지 못하고 땅바닥에 바짝 내려앉은 푸른 연기를 내려다보던 아이 눈가로 이슬 같은 것이 맺혔던 날도 나는 기억하고 있다. 아이에게도 매운 연기가 미쳤을 거라는 생각을 굳이 해보기도 했던 거 같다. 왼쪽에 핀 흰 꽃이 물봉선이다.

안개가 지쳐들면서 집을 둘러싼 풍경은 가뭇없이 사라졌다. 새벽녘, 산 능선을 넘어 온 뿌연 기운은 이웃한 박 씨네 집마저 삼켜버렸다. 담 장가로 조팝꽃이 한창이었던 박 씨네 양철지붕이 어느덧 사라지는 모습 은, 호수를 여럿 낀 소도시에 살고 있는 내가 보기에도 꿈꾸는 현상처럼 보였다. 이 집에 사는 이들뿐 아니라 오래도록 머물러 있던 키 큰 소나 무도, 그 무렵 뿌연 안개가 내는 촉촉함에 제 스스로 젖어갔다. 세 사람 의 얼굴 표정과 댓 그루의 소나무에서도 망설임은 결코 엿보이지 않았 다. 집안의 한 사람을 빼면 익숙한 자연현상이었고, 세 사람에게 그것은 어쩌면 순응처럼 여겨지는 부분이었다.

조팝나무가 안개에 묻힐 때 얼핏 든 생각이지만, 6학년 상급 과정에 접 어든 계집아이는 여러 차례 묻곤 했다. 지금 생각해도 낭랑한 목소리였다.

"얘가 무슨 꽃이어요?"

난처한 질문이었다. 취재에 나설 때마다 풀이름을 알아두기는 했다. 모르고 넘긴 것은 사진 찍어 도감을 뒤져 익혀 보는 열의를 보이기도 했 다. 하지만 그렇게 익힌 풀과 꽃 이름은 얼마 지나지 않아 쉬이 잊히고 말았다. 이는 매우 속상한 문제였지만 달리 보면 어쩔 수 없는 일이었 다. 생활로서 함께하지 못했던 풀들은, 나를 받아들이길 번번이 거부했 고, 결국 포기를 했던 터였다.

아이들이 사는 곳은 우리나라에서 손꼽는 금강 소나무가 자라는 곳이다. 궁궐이나 기와한옥의 중요 한 목재로 쓰이는데 세 식구가 사는 마을엔 이 나무가 무척 많았다. '부댁이(화전)'가 성했고, 이승복 의 불행한 사건을 빚은 울진삼척 공비 침투 사건이 났던 곳이기도 하다. 그래서 대체로 사십 년 안팎 의 나무들이었지만 산지의 팔 할이 국유림이어서 매우 안정적이고 건강하게 자라고 있다.

그래서 세종대왕이나 이순신 장군 같은 이야기를 묻기 바랐지만 계집아이는 한사코 단발머리를 땅바닥에 닿다시피 대고 물었다. 그럴 때면, 내가 우물거리는 사이 한 집에 살던 5학년짜리 머슴애가 나와 계집아이를 번갈아 쳐다보며 짧게 비웃었다. 그리고 대수롭지 않다는 듯 풀 이름을 말해주었다. 머슴애는 그렇게 일러주는 한 마디마다 한 뼘씩 맘이 커가는 듯했다.

계집아이와 머슴애를 실은 교육청 통학 버스가 산모롱이를 돌 무렵 안개는 사위어 갔다. 박 씨 집 조팝꽃이 다시 세상에 드러났고 소나무도 제 모습을 뚜렷이 하며 하루는 그렇게 열렸다. 돌담가에서 버스 꽁무니를 내다보다가 마당으로 내려서며 신발을 고쳐 신었다. 아이들을 보낸 할미는 이웃한 박 씨 논으로 품을 내러 갈 준비를 서둘렀다. 하루 삯이 이만 팔천 원이 채 안 되었는데도 대체로 만족한 낯을 지은 산골 할미였다. 사실, 삼만 원 가까운 벌이는 이런 산간에서 이때가 아니면 어려운 일이었다. 더구나 고추밭과 담배 밭일을 근 열흘 가까이 일거리로 맡아둔 참이었다.

아침공기를 짐칸에서 가르는 일은 남달랐다. 박 씨의 1톤 트럭을 타고 그렇게 비포장 산길을 이십여 분 달렸다. 눅눅한 아침 기운이 걷히며 드러난 햇살은 분수 물줄기로 뛰어드는 것처럼 시원하고 상쾌했다. 나는 그때 드문드문 뵈는 희고 노란 풀꽃들을 가리키며 짐칸에 함께 탄 할미들에게 호기심 많은 어린 아이처럼 물었다.

"못 묵어! 저건……."

할미가 읍내로 가거나 아이들의 통학버스가 다니는 길

논은 제법 높은 곳에 자리 잡고 있었다. 고도계는 사백을 넘기고 있었고 기압 차도 높게 나왔다. 당연히 논을 둬 벼를 심기엔 성가신 곳이었다. 모내기를 앞둔 지난밤에도 사람들은 한결같이 논을 이야기했다. 능선 너머 사람들은 모판을 손보던 박 씨를 두고 터무니없는 일로 치부했던 게 며칠 전이기도 했다. 그렇지 않아도 그이들은 고랭지 채소와 고추, 담배로 이미 작목을 바꾼 상태였다. 하지만 대여섯 가구가 흩어져

사는 계집아이와 머슴애의 작은 마을에선 안중에도 없다는 듯 논을 고집했다. 그것은 집착처럼 내 눈에 비쳐졌다.

트럭을 타고 다가갔을 때 무논은 믹서로 갈아낸 것처럼 고왔다. 소를 부려 써레질한 논이었는데, 마치 미숫가루가 물과 분리된 모습 그대로였다. 박 씨는 대견하다는 듯 왼쪽에서 오른쪽으로 제 논을 훑어보고 곱디고운 수면 위로 찐 모를 힘껏 던졌다. 할미들은 너나 할 거 없이 손가락을 오두모아 모를 꽂아 나갔다. 이태마다 찾아오는 냉해를 알면서도 박 씨는 논을 고집했고, 할미들은 바로 그 논에 꾸역꾸역 모를 심어왔다. 흰쌀밥을 어쩌지 못하고 조밥과 '옥시기' 밥에 익숙했던 화전민의 속내가 어쩔 수 없이 드러나는 순간이기도 했다.

머슴애는 이 산골 생활이 익숙해보였다. 풀이름뿐 아니라 나무 이름도 여럿 알고 있었으며 면 소재지로 통하는 여러 가닥 지름길도 잘 알고 있었다. 머슴애는 그 가운데 면에 이르는 소리길을 두엇 선보였다. 실제, 비포장 산길을 따라 사륜 자동차로 가는 것보다 빨리 면에 닿았던 시간을 경험하면서 나는 머슴애를 새삼스레 쳐다보며 웃었다.

계집아이는 머슴애가 일러주는 꽃마다 신기해했다. 특히 애기똥풀 줄기를 꺾어 노란 물을 손가락으로 만져보며 징그러워하던 모습은 어린 아이의 천진함을 그대로 보여주는 듯했다. 아이는 학교 선생님을 꿈꾸고 있었고 그에 걸맞게 호기심이 남달랐으며, 가슴께로는 여자로 거듭나는 성징이 뚜렷해지고 있었다.

할미가 사는 곳은 댓 가구가 서로 흩어져 있었다. 대체로 이백에서 삼백 미터쯤 거리를 두고 있었는데 전형적인 산촌(散村)이었다. 그런데도 할미들은 일주일에 서너 차례 서로 밤마실을 다녔다. 서로를 위하는 맘이 살가웠고 이렇듯 모내기를 하는 날에도 웃음꽃이 멈출 줄 몰랐다. 물론 이날 박 씨가 새참을 마련하기는 했다. 빈 양파 망에서 쏟아진 간식은 이랬다. 유통기한을 이틀 넘긴 소보로빵과 사탕, 그리고 멸균 우유였다. 하지만 대부분 사탕 한두어 개를 입에 오물거릴 뿐 빵과 우유는 되가져 가는 일이 많았다.

그것은 나를 향한 헛기침이기도 했다. 이미 제 할미와 증고조가 살아왔던 땅을 아이가 느끼고 있지 않을까 하는 엉뚱한 맘이 그즈음 들어서였다. 6학년 계집아이, 5학년 머슴애와 함께한 그날, 면 소재지 농협 슈퍼에서 아이스크림을 사주었고, 괜스레 농협 매장 정수기의 뜨거운 물을 컵라면에 부어 먹었다. 풀이름과 지름길을 알고 있는 머슴애를 나는 그렇게 어쭙잖은 태도로 이겨보려고 했다.

그러니까, 5학년 아이와 6학년 아이는 품삯 이만 팔천 원에 행복해

했던 할미를 두고 이종사촌 간이었다. 어미가 일찍 개가하여 남긴 자식을 외할미가 거두다가, 올봄 도회 아들이 맡긴 친손녀를 또 품에 안은 것이었다. 할미는 지난밤에도 큰 도회에 살고 있는 아들과, 핏덩이를 두고 개가한 딸 이야기를 했다. 그때까지만 해도 나는 오늘 새벽안개를 전혀 예상하지 못했다.

계집아이에게 산골 생활은 낯선 것이었지만 그럭저럭 모내기철을 넘기고 있었다. 별스러운 일은 풀이름 열댓 개를 제 살갗으로 알아갈 무렵 아이 스스로 부지깽이를 잡기 시작한 점은 눈에 띄는 변화였다. 그것은 놀라운 일이었다. 할미나 머슴애가 시키지도 않았고 마루에서 걸레질하는 일조차 못하게 해서였다. 지금도 기억나는 것은 계집아이가 잔솔가지를 꺾지 못해 긴 가지 그대로 아궁이에 밀어 넣을 때였다. 불길이 밖으로 새 나올 수 있어서 위험해 보였는데, 머슴애는 두 말 않고 달려가

긴 가지를 제 무릎에 대고 단박에 꺾어버렸다. 나는 왜 아궁이 앞에 아이가 앉았는지 처음엔 이해하지 못했다. 할미를 제 어미처럼 대하던 머슴애와 달리, 계집아이는 잠시 머물다 갈 거라는 말을 두어 차례 해서였다. 망울망울 꽃망울이 맺힐 무렵, 나는 그 말을 사실로 받아들였고 그럴 거라는 말을 계집아이에게 들려주기도 했던 터였다.

할미집 가까운 곳에 깎아지른 산을 뒤로 하고 강이 흐르고 있었다. 취재를 마치고 다시 찾아갔을 때 계집아이는 그새 거뭇하고 건강한 촌 여자애로 변한 모습이었다. 아이는 또래 아이들과 강가에서 어울리는 것을 좋아했는데 가까운 분교에서 공부를 마치고 집에 돌아오는 길에 이렇듯 강가 길이 이어지고 있었다.

머슴애는 커서 철도국에서 일하겠다는 포부를 밝혔다. 철도의 기름 냄새도 미치지 않는 깊은 산간이어서 자연스레 궁금증이 일었다. 두어 해 전 한 아이를 취재할 때 그 아이는 철도원이 꿈이라고 했고 바로 철길 옆에 집이 있어서였다. 머슴애는 내 질문에 잠시 머뭇하는 눈치를 보였다. 하지만 풀이름을 잘 알고 지름길을 꿰는 아이는 남달랐다. 그 일이 안 될 경우 버스 기사를 해보겠다는 말을 아무지게 들려주었던 것이다. 머슴애가 일러준 풀꽃에 계집아이가 넋을 빼고 있을 때였다. 넌지시 제 어미 소식을 물었고 나는 처음으로 당황하는 아이 얼굴을 보았다. 사진은 두 아이가 다니는 초등학교를 찾아가 급식 시간에 찍은 것이다.

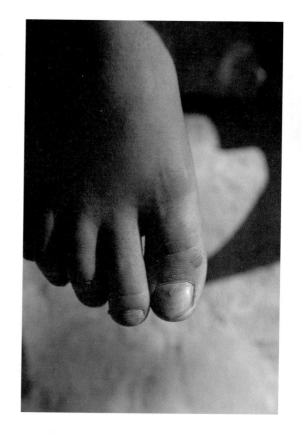

핏덩이 시절부터 십이 년 가까이 해온 산골생활은 머슴애에게도 버거운 시간이었던 거 같다. 걱정과 우려가 앞설 수 있는 충분한 상황이라고 여길 수 있었다. 하지만 지극히 상식적인 실천과 순리에 따르는 할미의 생활 태도는 아이가 올곧은 성장을 하는데 상당한 영향을 끼친 듯했다. 머슴애의 맨발을 들여다봤을 때 아이의 건강한 몸과 정서는 꾸밈없이 드러나고 있었다.

할미 나이가 들어갈수록 마당과 정지, 그리고 낡은 가옥 주변이 어지러워졌다. 그래서 찾아갈 때마다 가장 먼저 할 일은 청소였다. 아이들과 함께 치우면서 청소의 중요성을 일깨우려고 했으나 아이는 어느덧 사춘기에 접어들고 있었고 눈동자는 강물처럼 일렁이고 있었다. 다행인 것은 계집아이의 성정이 남달라 집안일을 도맡은 듯했고 그것은 머슴애와 할미의 보살피는 손길처럼 느껴지기도 했다. 오른쪽에 있는 개는 일 년이 지날 무렵 칠만 원에 팔렸다.

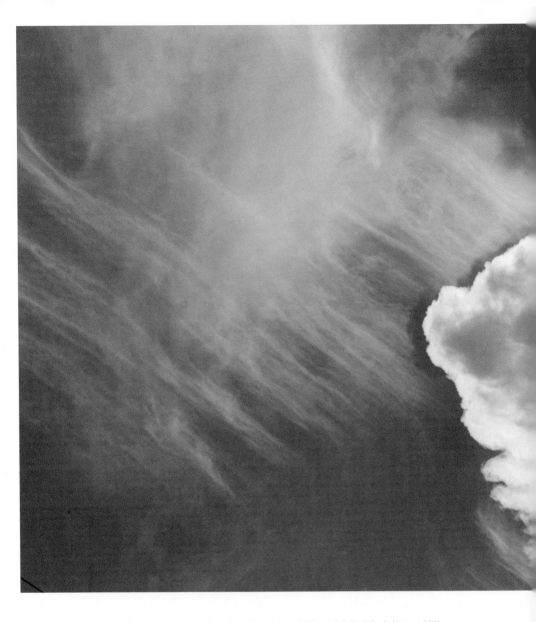

아이들하고 농협 연쇄점에서 컵라면을 사먹고 나왔을 때 뭉게구름이 강가 쪽에서 피어오르고 있었다. 나는 머슴애의 지름길을 돌파하는 실력을 칭찬하며 다시 돌아가는 길을 잡았다. 도회에서 온 지얼마 안 되었던 계집아이가 지친 내색을 보이는 듯 했으나 아이는 괜찮은 낯을 지었다. 이어 더 짙은구름이 몰려왔고 집에 다다를 무렵엔 비가 내리기 시작했다.

할미는 감자를 쪄내왔다.

지금, 밥알이 듬성듬성 붙은 감자가 양푼에 담겨 있다. 음식 냄새를 맡고 파리 서너 마리가 달려드는 것도 용납할 만큼 밤공기가 상쾌하다. 파리채를 든 머슴애가 정지에 잇댄 누런 회벽을 향해 내리쳤다. 깜짝 놀라는 여자아이 뒤 마당가로 날타리가 날고 있기도 하다. 저녁 시간이 지나면서 어느덧 이슬이 내리고 있다. 안개와는 또 다른 촉촉함이다. 계집아이의 첫 여름이 시작된 것이다.

무대

방파제 위로 뛰어노는 아이들이 경쾌한 실루엣으로 눈에 들어왔다. 망원 렌즈를 붙인 건 무얼 찍겠다는 건 아니었다. 그저 파인더로 아이들을 가까이 들여다보았으면 하는 마음이었다. 그러다가 참새, 박새 같은 녀석들이 파득이듯 뛰는 게 좋아서 한 장 찍었다가 이이에게도 저런 아이들이 있었다면 얼마나 좋았을까 하는 생각이 들기도 했다.

장이 서는 곳에서 반 마장쯤 떨어진 남쪽으로 방파제가 있었다. 남녘의 바다였고 쪽빛이었다. 그곳은 언뜻 호수처럼도 보였다. 한쪽으로 몰아놓은 듯한 작은 포구의 전마선 같은 배들을 빼면, 바다는 어미의 젖무덤처럼 포근했고 나른하기까지 했다. 특히 방파제 앞으로 빤히 보이는 두 봉우리 작은 섬은 더욱 그런 생각을 품게 했다. 공교로운 우연이었지만, 어찌 보면 섬과 방파제, 그리고 그 사이 쪽빛 바다는 인연처럼 여겨졌다.

장을 나서서 방파제에 이르렀을 때, 여러 아이들이 잡기 놀이를 하고 있었다. 무엇을 두고 서로 잡으려는지 몰라 궁금했지만 그것은 그렇게 중요한 문제는 아니었다. 서로를 잡으려고 애쓰는 것처럼 처음엔 보였다. 하지만 시간을 두고 바라보면 아이들은 잡으려는 뚜렷한 의지 없이 뛰고 있을 뿐이었다. 그렇다고 잡는 일을 마냥 내버려두진 않았다. 달음질치다가 키 큰 아이에게 목덜미가 잡히면 작은 아이는, 정말 새 같은 좁은 가슴을 헐떡이며 웃음을 주체하지 못해 까르르 주저앉곤 했다. 가쁜 숨에서 터져 나오는 높은 옥타브의 웃음은 묘한 여운으로 방파제 아래 어미 같은 바다로 젖어 들어갔다.

이이는 이 고을의 장날을 별스레 기다리곤 했다. 오늘 장날이 끝나면 또 다른 고을 장날을 찾아가야 했지만 아랑곳하지 않고 아침을 기다렸다.

그리 큰 포구가 아닌데도 이이가 좌판을 연 장거리는 제법 컸고 볼 만한 게 많았다. 대부분 서너 고을을 돌며 판을 치는 장돌뱅이가 대부분이었지만, 이렇듯 음식을 내는 이들은 도경계를 넘는 이들도 많았다. 간이 좌대를 펴 엿을 파는 이이도 그런 축에 드는 장꾼에 다름 아니었다. 그러면서 '이쪽과 저쪽'을 가르는 경계를 넘을 때마다 물산과 물정이 달라지는 걸 보는 게 이 '노릇'을 하는 잔재미라고 했다.

내가 보기에는 사실 별다를 거도 없었다. 그저 평범한 비린내가 선창에
서 습한 골목까지 풍기고 있었고, 그저 그런 콘크리트 건물과 조악한 조
립식 상가가 즐비할 뿐이었다. 다만 값을 쳐준다면, 지금 내가 서있는
방파제와 아이들의 바다가 있었고, 이곳에 이르는 길로 서대나 박대, 간
재미 횟집이 서너 집 있다는 정도였다.

　장이 선 거리는 북적이지 않았으며 그렇다고 한산하지도 않았다. 방
파제에서 낮 시간을 보내다가 은행에 들러 볼일을 보고 다시 찾아간 장
거리에서 이이는 조는 듯한 낯으로 서있었다.
뙤약볕에 가까웠지만 그래도 그늘에 들어서면
선선한 기운이 미쳐오는 날씨였다. 눈치로 보
아 그렇게 많이 판 것은 아닌 듯했다. 여름으
로 들어서는 길목에서 엿을 사먹을 사람이 많
지 않을 거라곤 생각했지만 그래도 장돌뱅이
로서 살림을 꾸리려면 기본은 팔아야 했다.

　그리 멀지 않은 곳에서 요란하지만 익숙한

각설이를 흉내 내며 엿을 파는 부부를 빼면, 장꾼 대개는 이렇듯
낮잠을 청하거나 우두커니 서있는 게 대부분이었다. 그런가 하
면 또 어떤 이는 삼삼오오 어울려 정치인 험담을 하거나 억울하
고 딱한 제 처지를 호소하기도 하며 목울대가 달아오르기도 했
다. 이런 모습을 볼 때마다 한 가지 공통된 특징을 살필 수 있었
던 건, 장거리에서 볼 수 있는 재미 가운데 하나였다. 이를테면
동종 업종끼리는 결코 말을 섞지 않았고 서로 영 딴판인 물건을
파는 장꾼들만 어울린다는 것이었다.

음악 소리가 그즈음 들려왔다. 누구나 쉬이 장단을 맞출 것 같은 리듬은
지나가는 개도 춤추게 할 만큼 흥겨웠다. 굳이 목을 빼지 않아도 될 듯
한 거리였다. 중국집 배달 오토바이가 지나가고, 할미 몇몇이 이이 앞을
지나가면서 장거리는 시원하게 시야가 트였으므로 소리의 정체는 금세
드러났다. 도대체 뭐하는 사람인가를 확인할 필요는 없었다. 은행을 거
쳐 바다로 이어지는 개천가를 따라 걸어올 때 그이들을 이미 보아서였
다. 부러 기워 입은 광목 바지저고리에 고무신 위로 드러난 빨강, 분홍

양말 차림은 절로 웃음이 날 만큼 우스꽝스러운 것이었다. 그리고 바보 춤을 추고 노래를 부르면서 남녀 한 쌍을 이룬 그이들은 강력하고 호소력 있는 몸짓으로 주변을 장악해가고 있었다. 재미있는 굿판 같았지만 달리 보면 그것은 이이에 대한 약탈처럼 여겨지기도 했다.

이이 앞을 심드렁하게 지나쳤던 할미들은 소리가 나는 곳에 이르자 여보란 듯 관심을 보였다. 할미들의 정서와 통하는 엿이라는 상품을 이미 갖추고 있었고 더욱이 그곳에서는 한바탕 흥겨운 놀이가 있었기 때문이었다. 나는 그 풍경을 서늘하면서도 가늠하기 힘든 심정으로 쳐다봤다. '산다는 것이 도대체 무엇인가'를 다시금 새기게 하는 거창한 생각도 일면 들어 내 스스로도 대견했지만, 무엇보다 궁금했던 건 이이의 반응이었다. 하지만 중요했던 것은, 그이들은 얼굴을 부러 얽게 분장해서 바보 흉내를 내고 있었고, 이이는 구태여 그렇게 치장하지 않아도 실제로 얽어 있는 얼굴이라는 점이 조금 다를 뿐이었다.

우리는 지난밤 방파제에 이르는 길가 술집에서 서대무침을 앞에 두고 술잔을 기울였다. 빙초산 맛에 혀가 녹아드는 즐겁고도 흥미로운 시간이었다. 그리고 이이는 제 고향 진안에도 크고 너른 호수가 있다는 말을 들려주었다. 머무르는 곳이 분명, 포구가 있는 바닷가 마을이어서 호수라는 말은 듣기에 따라 뜬금없는 것이기도 했다. 그러면서 호수처럼

장날 하루 전에 닿은 우리는 일박에 칠천 원하는 여인숙에 숙소를 정하고 가까운 포장마차로 들어갔다. 쉰쯤 돼 뵈는 아낙이 구석방에서 졸다가 늘어지게 하품을 하면서 우리를 맞았다. 그날 아낙은 서대를 무쳐 내왔고 하마 같던 아낙의 느낌과 사뭇 다르게 볼이 당길 만큼 맛있었다. 이이는 새콤한 맛에 이맛살을 찌푸리기도 하며 소주잔을 비웠고, 나도 이이처럼 눈을 찌푸리며 소주를 마셨다.

이틀을 주기로 이이는 장을 찾아 다녔다. 벌이는 일반 건설 노동자의 반도 안 되는 것이었지만 이이는 대체로 욕심 없는 얼굴을 보였다. 1948년 전북 진안에 제 태를 묻은 고향은 용담댐 건설로 물에 잠겼다. 상대가 볼 때 왼쪽 입가 쪽 볼에 조금은 성가셔 보이는 화상 흔적이 있다. 결혼을 했지만 자식을 두지 못하고 이내 헤어졌다. 이이가 취급하는 엿은 대게 흰 쌀엿이었다. 검은깨와 참깨, 그리고 땅콩 부스러기를 입힌 것도 제법 있었지만 사람들이 즐겨 찾는 것은 흰엿이었다.

생긴 이 고을 바다가 별스레 좋았고 그래서 올 때마다 편안했다는 말도 덧붙였다. 이를테면 용담댐 수면 아래가 이이의 탯자리였던 셈인데, 수몰과 함께 마을을 떠나면서 일어난 화재로 입었던 상처 이야기도 나왔다. 파리한 형광빛에 씰룩였던 이이의 낯이 비로소 차분하게 내 눈에 들어오기 시작했던 건 바로 그 무렵이었다.

요란했던 엿장수는 해거름이 되면서 어디론가 사라졌다. 다행스럽기도 했고 한편으로 심심한 일이었다. 하지만 파장 분위기가 짙어지면서 뜻밖에 이이의 엿이 팔리기 시작했다. 근처 빈대떡 집에서 막걸리를 먹던 대여섯 중늙은이들이 이이 앞에서 엿치기를 하며 바람구멍을 찾기 바빴고, 풍선을 손에 든 젊은 남녀가 깔깔대며 엿을 고르기도 했다. 그것은 '인생은 연극'이라는 한 노배우의 말을 꿈인 듯 눈앞에서 실감나게 했던 풍경이었다.

노점을 접는 손길은 빨랐지만 제법 신중한 것이었다. 부서지기 쉬운 엿이어서 종이 상자에 담는 일이 조심스러웠는데 이이는 중지와 약지가 서로 눌러 붙은 손으로도 익숙하게 짐을 정리해나갔다. 나는 그 모습을 물끄러미 쳐다보며 적응이라는 문제에 대해 새삼스러워 하며 진저리를 쳤다.

포구에 머무르며 제법 인상 깊은 풍경이 있다면 사진처럼 돌아다니는 개가 많다는 것이었다. 바닷가고 밭이고 할 거 없이 목줄 없이 돌아다녔는데 사람들 또한 무관심해보였다. 주인이 없는 것도 아니어서, 밤이 되거나 밥 때가 되면 여지없이 제 집으로 가 사료나 남은 음식 따위를 먹는 장면이 줄곧눈에 띄었다. 음식점에서 육수를 내고 남은 뼈를 이이가 얻어다 밭에 던져 준 것이다. 이 포구 장에와 엿을 팔 때면 가끔 하는 일이라고 했다.

각설이 엿장수가 판을 벌였던 곳 어름에 아침에 맛보았던 생선 국밥집이 있었다. 나는 하루 더 머물 생각이었고 이이는 오늘밤 도 경계를 넘는다고 했다. 으깬 잡고기를 된장과 함께 시래기를 넣고 끓여낸 국밥은 비린내 없이 기가 막히게 구수하고 담백했다. 흘러내리는 땀을 물수건으로 닦아내며 밥을 먹는 모습을 이따금 쳐다보기도 했다. 얼굴 상처를 피해가며 흘러내리는 땀방울이 그저 처연하게 눈에 들어왔다.

도 경계선을 넘으려면 나라에서도 알아주는 큰 산맥을 넘어야 했다. 산속 내륙으로 들어가는 그 길은 구비가 아흔 개나 된다는 고갯길이었다. 밥집 문을 열고 나섰을 때 흘린 땀방울만큼이나 시원한 바람이 끼쳐왔다. 방파제에서 불어오는 듯했고 이이는 서둘러 손을 내밀었다. 손가락 두 개가 달라붙은 손마디와 손바닥으로 까칠함이 느껴질 무렵, 채 닫히지 않은 국밥집 문을 아낙이 서둘러 닫는 모습이 이이 어깨 너머로 들어왔다.

식당의 열린 새시문 새로 아홉 시 뉴스를 알리는 시보가 들린 것도 바로 그때였다. 채비를 서둘러야 하는 시간이었다.

서 씨의 3인승 승합차는 이미 삼십만 킬로미터를 넘기고 있었다. 세 번의 장날을 동행하는 동안 탱크처럼 소음이 심했던 점을 빼면 다니는 덴 지장이 없어 보였다. 마지막 세 번째 장에서 이이는 오만이천 원쯤을 팔았다. 밤 아홉 시 무렵 자동차에 발동을 걸며 내게 손을 내밀었다. 까칠한 손바닥 느낌이 여운으로 남을 즈음 자동차가 아스라이 멀어져 갔다.

산을 넘어 바다로 간다

고개를 넘기는 어려워 보였다. 눈발은 어느 정도 잦아들었지만 이미 발목을 훌쩍 넘겨 쌓인 터였다. 라디오에서는 주의보가 내려진 이 지방 사람들에게 걱정 어린 당부를 하기도 했다. 기온은 해거름에 이르면서 영하 십 도 가까이 곤두박질쳤다. 쌓인 눈이 바람에 날리면서 길이 얼어붙고 있었다.

차부 가까운 곳, 붉은색 천막을 달아낸 국밥집이 눈에 들어왔다. 비닐 천막 트인 모서리로 아득하게 새 나오는 증기를 보며 버릇처럼 발길을 잡았다. 블록으로 지은 반듯한 건물 안에서는 국밥을 말고, 길가로 덧대 좌판을 만든 곳에선 어묵이나 순대 같은 주전부리 음식을 팔던 집이었다. 비닐 막을 밀치고 들어섰을 때, 어두워진 틈을 못 이겨 술추렴하는 사내 두엇이 눈에 띄었다. 판자로 만든 긴 걸상에 걸터앉아 이른 저녁을 술로 달래는 그네들 틈에 앉으려다 여닫이문을 열고 실내로 들어섰다. 언 얼굴을 훅 스치는 열기가 순간 끼쳐왔다.

"주인 할머니 어디 가셨어요?"

오소리감투가 섞인 머리고기와 소주를 살펴 뵈는 아낙에게 청했다. 건너편엔 나 말고도 쉰을 넘겨 뵈는 중늙은이 둘이 앉아 있다. 서로 다른 탁자에 앉아 국물을 흘리며 밥을 먹거나 소주를 마시는 게 장돌뱅이 사내인 듯했다. 물주전자를 난로에서 옮겨 오며 얼핏 살폈을 때, 사내들 낯빛이 텔레비전 화면과 섞이는 게 그저 무망해 보인다. 어찌 보면, 이 세상사에서 더 잃을 것도 얻을 것도 없다는 표정 같기도 하다.

그러니까 십여 년 전, 한 산판 짐차 운전사를 만나려고 이 마을에 왔

고개를 넘지 못하고 눈에 갇힐 때 찾아간 국밥집의 바깥 천막 모습이다. 국밥집 안으로 들어서려면 반드시 지나쳐야 하는 간이 포장집이었다. 안주로는 양미리(까나리)와 북어구이, 어묵이 있었고, 떡 볶이 팬 옆에선 국화빵도 굽고 있었다. 사진 속 남자들은 막차를 운행하고 면 소재지에서 하루 잔 다음 이튿날 첫차를 운행하는 버스 운전수와 차부집 남자들이다. 상급학교에 진학하는 자식들 이야기를 하면서 밤 시간을 보내고 있었다.

을 때 여러 날 뗏거리를 신세진 곳이 바로 이 밥집이었다. 자연스런 천이로 이 고을 큰 숲을 바꾸는 게 순리라는 말은 그 몇 해 전 취재할 무렵들었던 이야기였다. 그런데 무엇엔가 맘이 들쑤셔졌는지 그새 방침이바뀐 모양이었다. 낙엽송을 대대적으로 잘라내는 것도 모자라 영림서에서는 이웃한 큰 산의 리기다소나무까지 벨 참이었다. 그 일을 곁에서 볼때 큰돈 들인 영화 장면처럼 대단하게 보이기는 했다. 하지만 좀 더 좋

은 사진을 얻기 위해 봉우리 근처에서 내려다보면 별스레 옹색하고 쥐 파먹은 거 같아 번번이 실망스러웠다. 특히 검은 흙으로 드러나던 속살은 더없이 볼썽사나워 사진을 망칠 때가 한두 번이 아니었다.

그렇지만 현장에서 겪은 자극은 실로 대단했다. 어림 삼사십 년생 되는 큰 나무가 자빠질 땐 뭔가 둔탁하게 찢어지는 소리가 나기도 했고, 호박덩이만 한 큰 쇠붙이 해머를 땅바닥에 동댕이치는 거 같은 울림들이 특히 그러했다. 그럴 때마다 볼 만했던 건, 여태 숨죽여 있던 검은 숲의 세계와 그 바닥이 말 그대로 백일하에 드러날 적이었다. 이는 전율을 넘어 경계의 극점에까지 이를 거 같았던 실로 이상한 신세계였다. 그것은 일면 어처구니없게도 보였다. 동행한 관리들은 '경제림'으로 가는 일대 역사를 썼다며 나름대로 의미를 설명해주었다.

도저히 올라올 수 없을 거 같은 곳까지 자동차가 올라온 모습을 본 게 그때였다. 유년기에 몇 번인가 보고 내내 못 보다가 이 고을 산판 터에서 그 트럭을 본 것이었다. 엔진 부분이 개 코 모양으로 튀어나와 있고, 엔진 덮개 양 옆이 터미네이터의 망가진 가슴처럼 드러나 있는, 자동차의 역사로 치면 매우 원시적인 트럭이었다. 천천히 내 앞에서 트럭이 멈췄고 마치 내 땅이라도 되는 듯 운전수가 뛰어 내렸다. 낡은 국방 점퍼 차림에 검정색 장화를 신은 뜻밖에도 왜소한 몸집의 늙은이였다.

박 씨를 만날 때 그곳은 낙엽송 간벌과 개벌, 그리고 숲 가꾸기로 산 전체가 요란했다. 일본 잎갈나무가 본 이름이지만 녹화 사업 수종으로 선정되면서 낙엽송이라는 이름을 갖게 되었다. 잎이 떨어지는 소나무라 하여 붙은 낙엽송은 우리나라 인공 조림 면적 가운데 가장 그 수가 많다. 그러나 옹이가 많고 끈끈한 진액이 가공 후에도 많이 나와 고급 목재로서 가치를 지니지 못하고 있다. 우리나라 산림녹화의 일등 공신으로 임무를 다하면서 오늘날엔 수종 갱신의 대상으로 전락했다.

'도락구' 박 씨가 운전하던 화물 트럭이다. 한국 전쟁 때 미군 군수용으로 쓰이던 것을 민간이 불하 받은 것이다. 100마력이 채 안 되지만 저속 기어가 내는 가공할 회전력 때문에 '제므시(GMC) 도락 구'만 있으면 산도 옮길 거라는 우스갯말도 돌았다. 그래서 일반적인 화물 운송보다는 광산의 통발 용 목재를 나르거나 돌을 나르는데 주로 쓰였고, 경북과 전북, 충북 대규모 벌목지역에서는 거칠고 험한 임도를 오르내리는 산판 트럭으로 이름을 날렸다.

　'제므시, 도락구'로 불렸던 그 짐차 운전수를 졸졸 따라 다니며 여러 가지 무용담을 들을 기회를 얻었던 건 나로서는 큰 수확이었고 행운이 었다. 그것을 '산판 도락구' 시리즈로 3회 걸쳐 월간지에 실었는데 독자 반응이 제법 괜찮았던 것이다. 특히 그이들 삶의 모습을 보며 뒷이야기 를 들을 때는 괜하게 가슴이 뻐근해질 때가 한두 차례가 아니어서 이나 저나 나에게는 소중한 기억으로 남게 된 터였다. 이야기 대개는 이 할미 국밥집에서 들을 때가 많았다. 물론 트럭 조수석에 앉아 들을 적도 있었다. 하지만 피대 돌리는 방앗간 발동기 소리처럼 엔진 소리가 요란해 옳게 듣는 건 애당초 어려운 일이었다. 그러면서도 할미 집은 면 소재지에서 유일하게 뼈를 삶아 국물을 내는 집이었고, 더구나 고기를 집어 뚝배기에 담아내는 손이 커, 끼니마다 걸기에 시달리는 산판 일꾼들에게는 더없는 밥집이었던 것이다. 그런 곳에서 궁둥이 붙이고 듣는 이야기가 쏠쏠할 수밖에 없었던 건 오히려 당연한 일이었다.

산판이 없을 땐 선창 잡부로 일하기도 한다는 이야기도 그 작은 몸집만큼이나 흥미로웠다. 그러면서도 50년대 후반 경북 현동 지방의 소나무 산판이 벌어졌던, 아무것도 없는 깊은 산골로 경향 각지 '무지렁이'들이 몰려들어 한바탕 소란스러운 시간을 이었던 이야기는, 두고두고 기억에 남았다. 마땅히 산판 노동자에게 '함바'를 냈던 이 밥집에서도, 여러 말 못할 사연들이 끊이지 않았다는 대목에선 절로 침이 넘어가기도 했다. 지금도 궁금하게 여기는 것은, 몸집 작은 운전수가 그렇게 험한 일이 일어날 때마다 어떻게 능숙한 솜씨로 그이들을 제압했는가 하는 점이었다.

"아—알고! 이게 울마 만이래요? 또 사징 박으로 왔데요?"

짐작해보면 칠순을 넘겼을 것이었다. 그새 몸이 더 불었고 다리 움직임은 눈에 띄게 불편해 보였다. 고을고을마다 촌로들이 고생한다는 퇴행성관절염을 앓는 게 분명했다. 쪽진 머리에 수건을 두르고 고기를 삶아 일꾼들과 나그네를 맞던 할미는 어느새 파마머리로 바뀌어 있었다.

얼마나 빠글하게 약을 썼는지 아프리카나 남방 토인 머리처럼 곱실거린다. 중늙은이 한 사람이 밥값을 치르는 사이, 나도 어느새 소주를 반 병가까이 비웠다. 마주 앉은 한 사내는 소주 한 잔을 비우면 텔레비전을 십여 분가량 바라보았는데 이는 저 사내의 오래된 버릇일 거라는 생각이 문득 들었다.

운전수는 부산에서 하역 노동자로 일한 경력이 있다고 했다. '도락구' 모는 기술을 몽둥이도 모자라 '스빠나'로 맞고, 배곯아가며 십여 년 배운 이야기를 들려주면서였다. 값싼 국밥 한 그릇과 머리고기 한 접시에 모든 걸 거침없이 들려주었던 신기하고도 고마운 사람이기도 했다. 그것은 클러치를 밟고 기어를 넣어 가속 페달을 밟으면 움직이는 단순한 운전이 결코 아니었다. 트럭 키 높이보다 두어 배가량 높게 나무를 싣고 쌓는 일도 기술이 있어야 했다. 특히 진창으로 빠지며 미끄러지는 된비알 산기슭을 내려오는 일은 '도락구' 부리는 기술 가운데 압권이었다. 여차하면 계곡으로 굴러떨어질 만큼 그 일은 대단히 위험했다. 더구나 당초 어림없게 여겨졌던 작은 몸집이어서 놀라움은 컸다. 그러면서 그는 이야기를 건네는 와중에도 그때 맞은 상처와 부러진 뼈가 어긋나게 붙은 팔뚝을 형광 불빛에 보여주곤 했다. 문신은 없었지만 그 모습

이 트럭의 큰 특징은 부품의 내구연한이 매우 길고 튼튼하다는 것이다. 오늘날에는 20여 대가 강원과 경북 일원에서 아직도 산판용으로 쓰이고 있다. 물론 부품을 구하는 것은 불가능에 가깝다. 그래서 '도락구' 박 씨는 폐차장 철물점 가리지 않고 쓸 만한 것을 골라 잇고 붙이고 깎아 사용했다. 사진처럼 핸들은 현대차 버스용이고 냉각수와 배터리 경고등은 닭 튀김집 온도 등을 사다가 붙인 것이다. 엔진은 세 번째 교환한 것으로 대우 트럭 엔진을 쓰고 있었다.

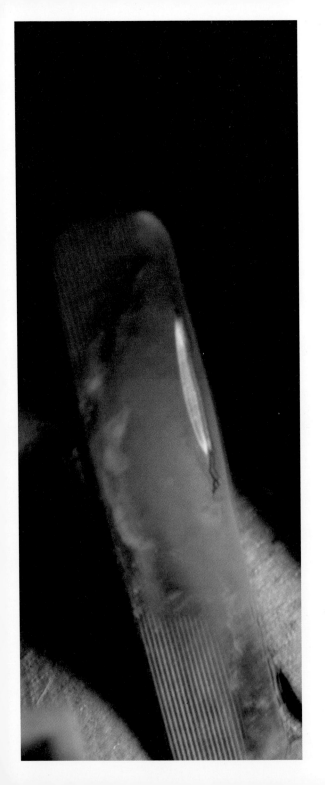

'도락구' 박 씨가 가속기 페
달을 밟을 때마다 트럭에서
는 방앗간 피대 돌리는 발동
기 소리처럼 요란한 소리가
났다. 무거운 나무를 가득 싣
고도 굉음을 내며 다리도 없
는 계곡을 건널 때는 입이 다
벌어질 지경이었다.

은, 총알이 빗발치는 전장에서 진창과 피, 살점으로 엉망이 된, 그런 영화 장면 속 병사의 팔뚝과 크게 다르지 않았다. 그러면 숙소로 머물렀던 국밥집 골방에서 내 '허연' 팔뚝을 슬머시 꺼내 보며 그 엄청난 차이에 나는 진저리를 치곤했다. 그렇지만 그는 결코 막돼먹지 않았고 남달리 정이 많은 사람이었으며 특히 독신이었다.

"상가喪家! 갔다왔드래. 아—휴 그런데지. 그 여편네가 쉰둘인데 갔세요. 서울서 오구요. 부산서도 왔드래. 새끼덜이."

운전수 이야기는 이후 '산판 도락구' 시리즈처럼 매체를 통해 발표되었다. 산판 이야기만 다루기로 했기 때문에 나는 그이의 이야기를 조금도 쓸 수 없었다. 물론 그이의 속내를 내보일 만한 것은 꽤 긴 취재 기간 동안에도 알 수 없었다. 조금이라도 곁이 보이면 강아지처럼 물고 늘어졌으나 그는 입을 닫았고 나는 그 시간만큼 단내 나는 입맛을 다셔야 했다. 단지 알아낸 거라면 전라남도 장성 사람이란 것과 홀아비라는 점뿐이었다. 내 취재 역사상 처음 있는 일이었다. 그리고 이따금 전화를 주고받았고 이듬해 연락은 끊어졌다.

"혹시! 도라꾸 몰던 박씨 소식 아세요?"

마주 앉은 남자가 술을 더 시키고 있다. 국물만 담긴 뚝배기 훑는 소리가 들리는데도 아랑곳하지 않고 술을 시키고 있다. 이제 보니 저 사내는 국물이 안주가 아니라 총천연색으로 매번 바뀌는 텔레비전 화면이 안주인 게 분명해 보였다. 덩달아 한 병을 더 시켰다. 딱히 갈 데가 없고 이곳에서 잘 수밖에 없으므로 주문은 마땅하다고 나는 생각했다.

주인 할미는 그 틈새마다 운전수 박 씨 이야기를 했다. 밥집에서 일했던 쉰 먹은 아낙을 중매 서려고 했다는 말과, 이태 동안 이 고을과 이웃한 곳을 넘나들며 생활했던 이야기를 하다가 오다간단 말없이 사라졌다며 서운한 낯을 지었다. 잔을 비우면 텔레비전을 십여 분 쳐다보는 두 테이블 건너 마주 앉은 중늙은이처럼, 나도 그렇게 해보고 싶다는 생각이 불현듯 들었다. 마침 솥뚜껑이 열리며 핵구름 같은 증기가 치올라오고 있었다. 주름 깊은 얼굴에 그 증기를 뒤집어쓰며 할미가 말했다.

"여자, 알케준데도 싫다데! 아래가 션찮어서 그런가……."

아침이 되면서 날은 가을 하늘처럼 맑게 개었다. 지서에서는 오후 못미처 길이 뚫릴 것이라고 했다. 할미가 먹는 찬 그대로 아침을 얻어먹고 거리로 나섰다. 날씨는 춥지만 그래도 어제에 대면 많이 풀린 느낌이다. 하지만 아침 공기여서 맨 얼굴에 닿는 기운은 여전히 맵다. 이십여 분, 골목이랄 것도 못되는 고샅길을 구경하며 박 씨를 생각하는데 한 무리 사람들이 눈에 들어온다. 가까이 다가간 모습은 상여였고 상복 입은 사람들이었다. 어제 할미가 문상했다는 그 여인인 듯했다. 주민증 사진을 복사한 게 틀림없을 사진 속 망자는 그저 망연히 청년기의 자식들을 내려다보고 있다. 이 추위에 상여는 뭐가 그리 아쉬운지 더 앞으로 나아가지 못하고, 악다구니를 쓰며 우는 피붙이들, 특히 중학에 다닐 법한 어린 계집아이 벌건 손에 붙잡혀 있다.

마침내 고개 넘어 이른 바다는 생각보다 차분했다. 그리고 따뜻하기까지 했다. 해양성 기후를 대놓고 받는 탓에 고개 너머 내륙과 이렇게

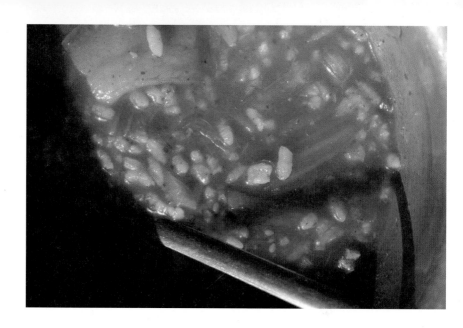

'도락구' 박 씨와 할미 국밥집에서 즐겨 먹던 돼지 국밥이다. 밀양식이나 부산 서면에서 먹던 것과는 사뭇 다르게 김치찌개 맛에 가까웠다. 김치와 우거지를 섞어 넣는 게 남달랐는데 돼지 앞다리 살을 도톰하게 썰고 물을 넉넉하게 부어 시원한 맛을 더한 게 밀양, 부산식과 다른 점이었다. 밥을 말았을 때는 한 끼 요기로 침이 넘어갈 만큼 김치 묵은내가 났으며 국만 있을 때는 고명처럼 올라온 고기가 절로 술을 생각나게 했다.

큰 차이로 벌어지는 현실을 실감하는 순간이었다. 본디 '도락구' 박 씨를 만나려고 떠난 길은 아니었지만, 박 씨는 항상 고개 넘어 이 따스한 해안가에서 살고 싶다는 속내를 그나마 비친 적도 있었다. 실제로 이곳은 적당한 포구도 포구려니와 제법 너른 들이 있고 땅마저 기름져 누구나 욕심을 낼 만한 고을이기는 했다. 더구나 벼농사가 튼실해 바다에서 얻은 날것과 어울려 밥집 할미가 있던 고을과는 차마 댈 수도 없이 풍족한 곳이었다. 그래서 이 포구에서 고용 선장 노릇 하는 최 씨를 소개시

이튿날 아침이 되면서 날씨가 풀렸다는 말을 들었으나 바람은 여전히 매웠다. 대륙성 기후를 보이는 내륙 지방의 특성을 잘 보여주는 고을이라고 생각하며 면 소재지를 지나는 좁은 아스팔트길을 가벼운 마음으로 걷고 있었다. 그러다가 한 무리의 사람들을 보았는데 창호지 꽃으로 장식한 상여행렬이었다. 밥집 할미가 문상했다는 아낙의 상여였는데 중학 상급생쯤으로 뵈는 딸의 모습이 특히 눈에 띄었다. 제 어미의 상여를 맨 손으로 부여잡고 놓지를 못하고 있었는데 아이 눈은 이미 벌건 것을 넘어 토끼눈이 되어 있었다.

켜 일을 주선할 생각도 없었던 건 아니었다. 그러나 박 씨와 헤어지고 내 일이 바빠지면서 그 생각은 잊히고 말았다.

서둘러 수협 위판장으로 길을 잡았다. 방파제 쪽으로 길게 뻗은 물량장이 친숙하게 눈에 들어왔다. 어림 백여 명 가까운 아낙들이 긴 그물을 사이에 두고 고물대듯 쪼그려 앉아 있다. 양미리였다. 어린이 간식용 소시지처럼 생긴 길쭉한 생선들이 작은 그물코에 셀 수 없을 만큼 많이 걸려 있는데 그 고기를 아낙들이 일일이 떼내고 있었던 것이다. 아침, 국밥집에서 할미 밥을 얻어먹을 때만 해도 전화기로 들렸던 최 선장 목소리는 들떠 있었다. 양미리 대목이 바로 오늘이라며 바다 사내 걸걸한 목소리로 어서 넘어오기를 재촉했던 것이다. 이미 위판을 마치고 갑판을 정리한 최 선장은 선창 귀퉁이 배를 댄 곳에서 술추렴을 하고 있었다.

여러 해 동안 이이를 만나면서, 나는 바다에 관한 도무지 듣기 힘든 여러 알짜 지식과 이야기들을 쓴 소주 몇 잔 값에 배우고 전승받는 호사를 누렸다. 그리고 보면, 끝내 자신을 안으로 가두며 살았던 이는 운전수 박 씨였다. 하지만 최 선장은 제 눈을 치켜세우면서까지 세상을 부라리는 호탕함이 남다른 사람이었다. 사돈에서 제 팔촌까지, 그러니까 구

루마에서 '포니' 자가용을 산 인척에 이르는 가족사를 들려주었던 것이다. 배가 꼬이도록 웃었던 기억이 한두 번이 아니었고 그러다가 거뭇하게 그을린 그이의 눈가 주름으로 가만히 흐르는 눈물도 보았다.

"벌써부터 퍼요?"

최 선장은 지나해와 오호츠크 먼 원양으로 나아갔던 중년의 호기를 다시 찾은 듯 솥뚜껑만 한 손으로 나를 덥석 부여잡았다. 아이엠에프 사태로 살림을 죄 잃고 술독에 빠져 살다 다시 고용 선장으로 재기할 때의 힘든 모습은 없어 보였다. 3항차 연속 만선이라는 말에 나도 크게 웃다가 술잔 내미는 최 씨 손을 덮어 잡으며 잔을 받았다. 옹이진 손마디의 따스한 온기가 배어든 술잔을, 나는 오래 잡은 채 마치 처음 마시는 사람처럼 소주 맛을 음미했다.

"내일 해를 볼 수 있을까요?"

달궈진 석탄 위에서 알맞게 구워진 양미리는 말 그대로 입안에서 녹아들었다. 하얀 속살을 베어 물 때마다 부드럽고 고소한 맛이 소금에 어울리며 입안 가득 퍼지는 게 그저 꿈결 같았다. 최 선장이 제 또래 아낙에게 다가가 수작하듯 술잔을 권하는 모습도 여전했다. 망설일 거 없이 넙죽 받으며 잔을 되돌려 주는 아낙 낯이 발그레 상기되어 있다.

얼마나 시간이 흘렀는지 모르겠다. 양미리 굽는 구수한 내가 닭처럼

이튿날 아침 해돋이를 보고 다시 선창에 왔을 때 아낙들은 양미리를 떼내기 앞서 아침을 먹고 있었다. 밥이 담긴 플라스틱 사발에 해물을 조금 넣은 시래기 국을 말아주었는데 이것만 전문으로 파는 이가 있었다. 한 그릇에 천오백 원 했고 생각보다 시원한 국물이 언 몸을 녹이는 데 더할 나위 없어 보였다.

양미리는 포항 지방에선 '앵미리'로 부르고 호서 북부 서해안 지방과 인천시 강화, 백령에선 '까나리'로 부른다. 강화, 서해 5도에서는 젓갈로 담가 멸치젓과 구별하지만, 젓갈 문화가 익숙지 않은 속초 주문진 지방에선 때때로 말려 국물멸치 대용으로 쓰기도 한다. 대체로 15센티미터 크기로 우리나라 동해와 일본 근해에서 많이 잡히며 모래 바닥에서 산다. 주문진 지방에선 양미리(까나리)를 숯이나 번개탄에 굽지 않고 석탄 원석을 쪼개 낸 불에 구워 먹었다. 뒤에서 고기를 굽는 이가 최 선장이다.

큰 갈매기를 부를 즈음 최 선장이 노래를 흥얼거린다. 바다를 새벽바람으로 내내 이고 살아온 최 씨 노랫소리가 바다로 섞이는 게 궁상맞기도 하다. 바다는 쩍쩍대는 갈매기 소리와 최 씨 노래로 더욱 차분해졌다. 관광버스에서 내린 고운 차림의 여행객들이 다가와 고기 따내는 일을 호기심 어린 눈으로 내려다보고 있다. 내일 해돋이를 보는 것은 무리가 없을 듯하다.

겨우살이

자고 일어나면 항상 머리맡에서 대롱거리던 말린 명
태다. 장에서 구한 '코다리' 명태를 산막 앞 왕벚나무에
걸었다가 얼고 녹기를 어느 정도 반복하면, 이렇듯 산
막 뼈대 살에 옮겨 걸었다. 이이는 고기를 멀리하는 대
신 말린 명태를 단백질 대용으로 즐겨 먹었다. 평균 이
틀에 한 번, 물에 불린 것을 된장 풀어 끓여 먹거나, 찬
밥에 물을 부어 버섯과 함께 죽을 쒀 먹었다. 소금 간은
전혀 하지 않고 오로지 그 맛으로만 먹었는데 자극적인
도회 입맛에 길들여진 나로서는 상 고역이었다.

포구에서 최 씨를 만나며 맡던 내와는 사뭇 다른 게 낯설었다. 바다 냄새는 그렇더라도 양미리를 구워내던 석탄화로 곁에서 맡던 내와 대보아도 이곳 산간에서 코로 스미는 내가 다른 것이다. 산간에 익숙한, 마른 풀이나 삭정이가 타는 거 같은 냄새가 사방 틈으로 스며들어 오는 게 대게 그러했다. 한 평 반쯤 되는 산막 안은 이내 푸르스름한 매운 연기로 가득 찼다. 큰 산줄기를 사이에 둔 물리적 변화는 냄새마저도 생각보다 많은 차이를 드러내고 있었다. '도락구' 박 씨의 이야기를 듣던 국밥집의 증기가 아니었고 갯비린내도 아닌 것이 눈을 맵게 했다. 출입문 삼아 댄 비닐 포장을 걷고 바깥으로 나왔다. 불을 지피던 김 씨가 허리를 펴며 일어서고 있다.

언뜻 보면 텔레비전에서 봤던 극지방 원주민이나 고산 지대를 배회하듯 순례하는 사람 같은 느낌을 주는 게 이이의 얼굴이었다. 살 에는 찬바람과 메마른 겨울 볕에 그을린 흔적은 그런 착각을 불러일으키기에 부족함이 없었다. 제 스스로 산막 온돌을 놓았다는 말을 할 때였다. 눈가로 주름지며 반들거리던 모습 또한 눈과 얼음에 익숙한 이누이트의 살갗처럼 여겨져, 나는 저 피부가 물범의 가죽은 아닐까하고 생각해보기도 했다.

사십을 넘긴 나이(2002년)인 터라 결혼과 다시 도회에 갈 의향을 넌지시 물어보기도 했다. 조용히 웃어넘길 뿐이었지만, 웃음 끝자락에서 배어 나오는 쓸쓸함은 차마 감추지 못했다. 그는 나물이나 약초를 낼 때만 마을에 나갔고 그 외에는 오로지 산과 산막에서만 생활했다.

얼어붙듯 코끝이 당겨오는 날씨도 저 너머 포구와 달랐다. 최 씨가 있는 포구에서 50여 킬로미터 바다를 따라 북쪽으로 오르다 내륙 쪽으로 난 큰 고개를 넘자마자 만난 추위였다. 그러니까 간선 국도로 접어드는 한길까지 굳이 배웅을 나온 자리였다. 바다로 난 길을 앞 뒤 안 보고 곧장 올라가면 '오호츠크'가 나올 거라며 운전석에 앉은 나에게 농을 던진 건 최 씨였다. 북빙양까지 나아가 명태를 잡아오던 최 씨는 항상 그 바다를 '옷츠크' 특히 '오'에 강한 악센트를 주며 그때를 그리워했다. 그러면서도 러시아에 돈을 내고 고기 잡으러 갔던 현실을 두고선 '그것이 유료 낚시터'가 아니고 무엇이냐며 볼멘소리를 하기도 했다. 신기하게 그렇게 들려주던 최 씨 이야기는 묘한 울림이 있었다. 올라오는 내내 여러 차례 신호를 받고 정체

최 선장과 헤어지고 나는 북쪽으로 난 길로 그이의 말처럼 오호츠크를 향해 달렸다. 더 갈 수 없다는 사실이 이따금 떠올랐지만 그게 더 거짓말 같다는 생각이 자꾸 들었다. 김 씨가 있는 산으로 길을 고쳐 잡아 고갯마루에 올라섰을 때는 심한 눈보라가 앞을 가누기 어려울 정도였다. 고개에서 바다쪽을 내려다보고 싶은 맘이 굴뚝같았지만 어쩔 수 없는 노릇이었다. 사진에 찍힌 사륜구동 자동차는 내가 일을 나설 때마다 사진 장비와 침구류, 그리고 쌀과 밑반찬 같은 것을 싣고 동행했던 더없는 동반자다. 2011년 기준으로 만 17년째 이 자동차만 탔으며 달린 거리는 54만 킬로미터다.

가 되어도 수행자처럼 태연할 수 있었던 건 온전히 그이의 그 말 한마디 때문이었다. 몇 날 며칠을 가야 하고, 가는 동안 여러 차례 엔진 오일을 갈아줘야 갈 수 있을 만큼 아득한 곳이었다. 뱃길마저 꽁꽁 얼어붙게 가두는 데가 그곳이라는 말도 살찐 갈매기에게 양미리를 던져주며 최 씨가 한 말이었다.

이이는 겨울철에 산을 오르면 여지없이 싸라기 쌀을 삼사 킬로그램 정도 들고 올라갔다. 주로 새나 설치류들이 이이가 뿌려준 곡식의 덕을 봤다. 실제로 꼬리가 제 몸통보다 길면서 참새처럼 작은 박 새 여럿이 날아와 낱알을 쪼아 먹는 모습이 그 눈 내린 겨울에 신기할 정도였다.

　　그렇지 않아도, 최 씨가 경험한 바다처럼 지금 이 산막 앞 계곡은 이
미 시퍼렇게 얼어붙어 있었다. 얼음이 배를 가두었다면 계곡 물고기도
갇혀 있을 거란 엉뚱한 생각이 문득 든다. 성벽처럼 마주한 검푸른 바위

고개 넘어 내륙으로 내려서서 두어 시간 달리고 다시 김 씨가 있는 산으로 들어서자 이렇듯 눈 내린
산길이 나왔다. 여름철 방문하고 오랜만에 찾아가는 길이어서 낯설 법도 했지만 이런 길을 갈 때면
나는 묘한 흥분에 휩싸이곤 했다. 다가올 새로운 세계에 대한 기대와 그곳에서 만나는 사람들에 대
한 생각으로 몸이 달아오르는 게 그러했다.

절벽에 눈발처럼 어둠이 내리고 있다. 네 시를 조금 넘긴 때 다가든 어둠은 파르스름한 기운으로 산중 한복판, 산막 아궁이에 쪼그려 앉은 김 씨의 넙적한 등을 물들이고 있다. 저 사람도 얼음에 갇힌 것일까.

여태 내린 눈이 더해 무릎까지 빠지는 산길이었다. 최 씨와 헤어지고 고개를 넘자마자 찾아온 첫날, 이이를 따라 산으로 나설 때만 해도 거칠 것은 없다고 생각했다. 등산로라는 것은 애당초 없었다. 시간이 흐를수록 성가셨지만 어쩔 수 없는 노릇이었다. 사람들이 익숙하게 찾는 이름난 산이 아니어서 잎 진 이 겨울에도 사방은 원시림에 가까웠다. 하지만 이이가 가려고 맘먹은 방향 자체가 망설임 없이 길이 되던 모습은 두고두고 새길 만한 일이었다. 그리고 그렇게 한 번 난 길은 미련 없이 그것으로 끝이었다. 뒤돌아보지 않고 앞만 보고 다녔는데, 마치 산짐승이 먹이활동을 하는 거 같은 느낌이 들 정도였다. 가끔 산길이 눈에 덮였을 때 러셀로 부르는 길 안내 노릇을 한 적도 있었지만, 이렇듯 짐승처럼 산을 타 본 건 처음이었다. 급기야, 얼음 구멍으로 올라온 물범을 사냥해 날것 채로 먹던 북극곰이나 극지방 사람과 다를 바 없을 거라는 당치 않은 생각마저 들었다. 이는 최 선장처럼 묘한 이끌림을 주었으며 일면 흥분되는 일이기도 했다. 혼자서는 어림없는 일이지만, 천 미터를 훌쩍 넘기는 이 고을 봉우리들을 별 거리낌 없이 받아들이는 이이가 있어서 가능한 일이었다.

"불 다 땠어요. 국도 거진 돼가요."

그러고 보면 눈을 밟을 때마다 서—어걱 소리를 내며 발이 빠졌던 거 이이를 쫓아 산에 들어서면 사방에서 눈 쏟아지는 소리가 들리기도 했고 솔가지 따위가 부러지는 소리도 났다. 그러면서 이이는 사과농장에서 일할 때처럼 중요한 촬영 포인트를 일러주곤 했는데 바로 이 장면이 그러했다. 삼십 여초 기다리면 '당신'이 찾는 풍경이 펼쳐질 거라며 웃어 보였고 얼마 후 리키다 솔가지에서 눈이 쏟아져 내렸다.

같다. 건설 노동자들이 신는 안전화를 신고 스패츠와 아이젠 없이도 이이는 이십여 걸음이나 앞서 갔다. 그리고 다다른 산모롱이 자작나무 숲에서 말했다. 거제수로도 불리는 자작나무 껍질 이야기였는데, 기름기가 있어서 늦가을에 저절로 떨어진 껍질을 주워 모으면 불쏘시개로 제법이라는 말을 할 땐, 이이가 정말 사냥꾼이 아닐까 하는 생각을 했다. 우리는 그곳에서 해바라기를 하며 점심을 먹었다. 강된장으로 끓인 것을 밥에 끼얹어 비닐봉지에 넣어 왔는데 그 추위에도 양 볼이 당겨올 만큼 맛있었다.

손을 입으로 불어가며 맛있는 된장 비빔밥을 반쯤 먹을 때였다. 마침 씹힌 매운 고추에 혀끝이 아려오는데 이이는 동물 껍질을 뒤집어 쓴 사냥꾼처럼 다시 입을 열었다. 여러 곤충을 꼬이게 하는 묘한 힘이 자작나무에 있다는 말을, 호랑이를 마지막으로 잡은 사냥꾼처럼 의젓하게 들려준 것이다. 이를테면, 하늘소나 사슴벌레 같은 곤충들을 자작나무 숲에서 별스레 많이 볼 수 있었다는 말들이 그랬다. 그런 벌레를 본 적은 없었지만 돈이 된다는 말에 호기심은 들었다. 어린 아이들이 초등학교 문방구 앞에서 이상한 벌레를 쳐다보고 만져보는 걸 훔쳐볼 적도 있었는데, 혹시 이이가 말한 흉측한 벌레가 그것이 아닐까 하는 생각이 그 무렵 스쳤다.

하지만 문방구 벌레를 떠올리는 순간 나는 새삼스레 추위를 느끼기도 했다. 사냥꾼이 되려면 뭔가 달라야 할 구석이 있어야 한다고 여겼는데 이이는 바로 그런 점에서 남다른 구석이 있는 듯했다.

"연기도 빠졌는데 이제 들어가세요."

벌레 이야기를 듣고 한 시간여 지나면서 능선이 가까워졌고 산행은 한결 수월해졌다. 고도계는 1,120미터를 가리키고 있었다. 바람도 잦아들었고 볕도 따스했다. 이이는 시간을 조절하는 듯 더 이상 오르지 않고 팔부 능선을 따라 볕을 안고 나아갔다. 물범을 생각하며 얼음구멍을 찾아가는 북극곰처럼 흘렁대는 게 다부진 걸음 이상이었다. '도락구' 박 씨에 대면 두어 곱절에 가까운 몸집이었고, 오호츠크를 말한 최 씨에 견주어서도 결코 꿀리지 않아 보였다. 허겁지겁 쫓아가면서도 가는 곳곳마다 온 사방 산중, 허리까지 차오른 눈밭이었다. 흰 눈이 몹시 눈부시기는 했다. 짐작이 맞는다면 산막으로 돌아가는 길일 것이라고 나름대로 생각했다. 산허리를 거의 에돌 무렵 소나무 숲이 나왔고 뜻밖에 낙엽송 군락도 나타났다. 박 씨가 일하던 산판에서 익히 보던 나무들이어서 반가움마저 일었다. 그러면서도 군데군데 집터로 보이는 곳도 있었는데 일테면 화전을 일군 흔적이었다. 독가촌을 취재하고 그곳에 살던 이들을 만나면서 본 모습과 빼닮은 팔부능선이었다.

이이는 한번 산에 오르면 왕복 산행이 가능할 정도로 체력이 뛰어났다. 거의 날마다 산에 오르는 나로서도 뒤를 쫓기가 여간한 것이 아니어서 적잖이 힘든 산행이 되곤 했다. 그렇다고 귀한 나무약초를 찾기 위해 애를 쓰는 거 같지도 않았다. 한편으론 그런 것들에 무심해 보였고 또 한편으론 찾는 것처럼도 보였다.

움막으로 가는 길가로는 길게 묵정밭이 펼쳐졌다. 아래 마을에 사는 이가 이태 전까지 옥수수나 메밀을 부쳤다는데 무슨 일인지 경작을 그만뒀다며 지나가듯 말했다. 밭주인이 몹쓸 병에 걸려 죽었다는 말을 들은 건 훨씬 나중 일이었다. 밭주인을 찾아 이 땅을 빌어 농사를 지어보면 어떻겠느냐는 말을 그때 건넸던 거 같다.

겨우살이를 기생 식물로 흔히 낮춰 보지만 실제로는 숙주가 되는 나무로부터 물만을 얻어 쓸 뿐 스스로 광합성을 하기 때문에 피해를 주지 않는다. 주로 오리나무, 팽나무, 밤나무, 참나무 류 끝가지에 달라붙어 사는데 김 씨는 참나무에 슨 겨우살이를 무척 귀하게 여겼고 가장 친근한 식물이라고 했다. 실제로 생활습관에서 오는 성인병에 효험이 있는 것으로 알려져 있다.

이렇듯 높고 추운 곳까지 올라와 살던 독가촌 사람들을 만나던 그즈음의 시간은 나로선 놀라움의 연속이었다. 화전이 성했던 지역임을 알려주는 뼈아픈 지표나무가 낙엽송이었고, 그것은 인공 조림을 뜻한다는 점도 그 무렵 저절로 알게 된 사실이었다. 하지만 화전으로 잃은 숲은 온 나라에 걸칠 만큼 넓고 큰 것이라고 했다. 시간을 다퉈 산림녹화로 심군 낙엽송과 같은 속성수는 이제와 역할과 쓸모를 다했다는 말도 그때 들었던 거 같다. 그리고 보면, 사람 기준으로 판단해 잘라내는 산판에서 일했던 이가 바로 '도락구' 박 씨였던 셈이다.

이이를 처음 만날 때도 산림 작업장을 취재할 무렵이었다. 항상 그랬듯, 주된 취재를 하면서 이야기가 될 만한 것을 주변에서 골라 취재를 복합적으로 병행해 다음을 준비하는 게 내가 하는 일의 방식이었다. 이 방법은 달마다 소재에 쫓기지 않고 안정적으로 일을 할 수 있는 장점이 있었다. 더구나 이야기의 깊이와 맛을 더하며 독자들을 후리고 울고 웃게 하는 덴 더할 나위 없는 묘약이었다. 산판이 이뤄지던 곳 가까운 사과밭을 점찍게 되었던 것도 바로 그런 결과였다. 나는 그곳에서 적과 작업에 열중하며 하얀 사과꽃을 목 째 따내던 이이를 만날 수 있었다. 생활 의욕을 강하게 느낄 수 있는 전지가위의 손놀림이 눈길을 잡아끌었던 것이다. 그 무렵만 해도 지금처럼 말수가 적지 않았으며 될 수 있으면 웃는 낯을 지으려고 애썼던 게 그였다. '도락구' 박 씨가 몸담았던 산판과는 다른, 개벌 작업장이었던 점도 일을 병행하는데 큰 호기심을 갖게 했다. 이이가 일러주는 사과 품종과 과수 가꾸기, 그리고 전지 방법 따위를 듣는 시간도 재미나기는 마찬가지였다. 그래서 나는 이 사과 농장을 일 년간 취재하기로 하고 본격적인 작업에 들어갔다. 언 땅에서 꽃을 피우고 연두색으로 첫 열매를 맺다가 빨갛게 익은 사과를 거두는 과정을 농장 인부였던 이이의 삶과 교차시키면 아무리 못해도 4회 연재분이 떨어질 거라고 계산했던 것이다.

가까운 곳에 이름난 절과 서원이 있었던 점도 이야기의 맛을 한층 끌어 올려주기에 충분했다. 서원의 단아한 기와선 지붕과 사과나무를 서로 이어보며 화면을 구성하는 것도 커다란 즐거움이었다. 그럴 때마다 이이는 내 곁에 가까이 와 더 좋은 사진거리가 있다며 서원 뒤란 옹기 굴뚝 가까이 사과 가지가 내린 곳을 은밀한 낯을 지으며 일러주곤 했다.

농장 가까운 면 소재지 중국집 짬뽕 국물이나 점방에서 통조림을 놓고 낮술을 즐기며 '캬― 꺄―' 소리를 연발하곤 하던 적도 그렇게 이이가 꺼리를 던져 줄 때였다. 그리고 얼마 지나지 않아 그가 농장 일을 접었다는 소식을 듣게 되었다. 일이 어그러지는 순간이었고 인사를 나눌 새도 없이 그는 산으로 들어갔다. 도무지 이해하기 힘든 결정이었지만 어쩔 수 없는 노릇이었다. 산으로 찾아갔을 때도 멀뚱한 낯을 지은 건 이이었다. 이야기를 끌어내려고 무진 애를 썼지만 만사가 허사였다. 그 무렵 들을 수 있었던 말은 '며칠 있다가요. 그냥……' 이었다.

산막 부뚜막에 걸어 놓은 솥에서 김과 함께 구수한 냄새가 풍겨왔다.

"된장국이어요."

무슨 생각이었는지 이이는 다시 봉우리를 향해 올라갔다. 정상을 밟아야 산을 오른 것으로 치는 도회 사람 생각을 배려한 듯했다. 다다른 봉우리는 헬기가 내려앉을 만큼 다져진 바닥이 넓게 펼쳐져 있었다. 동북쪽으로 첩첩한 산줄기가 안견安堅의 화폭처럼 신비롭게 펼쳐졌고, 우리가 섰던 봉우리에서 서북쪽으로는 어림 십여 킬로미터 까마득한 능선이 발아래로 이어졌다. 나는 꽤 긴 시간 봉우리에서 능선, 그리고 그 너머 아득한 세상까지 보려고 애를 썼다. 이이는 어젯밤 돌배 술이 바닥을

이이와 헤어지고 다시 면 소재지로 나왔을 때 마침 장이 열리고 있었다. 시장한 참에 장국이나 한 그릇 맛보려고 거리를 어슬렁대다 우연하게 겨우살이를 산 아낙을 만났다. 반가운 김에 얼마 주었냐고 묻고 어느 산자락에서 왔는가도 물었다. 절로 김 씨가 생각날 수밖에 없는 순간이었다. 일면식도 없던 사람이 실없이 웃으며 묻는 게 의아할 법도 했지만 뜻밖에 아낙은 친절한 사람이었다. 지병으로 고생하는 시부모에게 다려줄 생각이라고 말할 땐 아낙의 속맘이 느껴지기도 했다.

드러낼 즈음 이렇게도 말했다. 늦은 오후까지 나물이나 약초를 찾다 능선 길로 내려오다 보면 산 아래에서 깜박이는 불빛을 이따금 볼 때가 있다면서였다. 홀로된 처지를 비로소 절감할 때가 바로 그 불빛을 내려다볼 때라고 말할 적엔 오히려 이이가 처연하게 보일 정도였다. 아무리 동물 털을 뒤집어 쓴 거 같은 사냥꾼이라도 마음이 수그러들 때가 있다는 걸 그 자리에서 느꼈던 거 같다. 돌배 술 말고도 다른 약초 술을 더 할 수도 있었지만 우리는 시간을 두기로 했다. 그리고 산에서는 부러 무시할 것과 애써 찾을 것이 있다는 말을 건네면서, 이이는 내 앞에 놓인 분홍색 플라스틱 컵에 서너 차례 차를 부어 주었다. 추운 나라, 수천 미터 높은 산에 사는 이들이 마신다는 버터 섞인 기름진 차를 생각하기도 했다. 마치 그럴 것만 같은 분위기였고, 반드시 그래야만 어울릴 거란 느

낌도 들었던 거 같다. 하지만 이이가 따라준 차에서는 대나무 숲에 들어온 느낌이 바람처럼 묻어났다. 내 맘속 무언가가 껍질째 부서지는 순간이었다. 이이는 찻주전자를 내려놓으며 가만히 말했다.

"마가목 찹니다."

'도락구' 박 씨와 달리, 이이의 살아온 이력을 들을 수 있었던 건 생각할수록 다행한 일이었다. 산 아래 '불빛'이라는 두 음절의 낱말을 조금이나마 이해할 수 있었던 일도, 어떤 경로로 저간의 세월이 산간에 묻힐 수밖에 없었는가를 알게 되면서였다. 이런 점은, 제 속을 끝내 내보이지 않고 연락이 끊긴 박 씨와도 비교되는 부분이면서 사과밭에서 보던 모습과는 사뭇 다른 모습이었다. 그것은 산막 바로 앞 계곡물을 내려다볼 때, 세상 무심한 사람이 박 씨가 아닐까 하는 섭섭한 생각이 덧없이 들기도 했다.

그렇다고 최 선장처럼 호탕하거나 너스레로 제 생각과 말을 맥없이 키우는 사람이 아니었다. 이야기는 시종 조용했고 어찌 보면 독백에 가까울 때가 더 많았다. 나는 그런 독특한 진술 태도가 어디에서 비롯되는지 금맥을 찾아가는 광산업자처럼 그때마다 옷매무새를 여며야 했다. 물론 사과 밭에서 만날 때도 짐작할 수 있었지만 지금처럼 취재가 아닌 온전한 만남을 두는 시간에서 느낌이 더 도드라졌다. 그러면 새로운 이야기가 나오기도 했지만 대부분은 분무기로 마른 땅을 적시듯 이이가 들려주는 말은 목마른 것이었다. 오로지, 기다리고 또 기다려야 이야기 한 대목 얻든는 게 내가 하는 일의 특성이어서, 한편으론 직업에 대한 한숨이 절로 나오는 순간이었다. 그러면서도 이야기하는 방식이 최 씨와 서로 차이를 보이는 게 귀에 들어와 이야기의 결말을 눈앞에 둘 즈음엔 적잖은 흥분과 함께 쾌감도 맛보았다. 이이가 있는 산과 최 씨의 바다가 주는 특성이, 이런 차이를 주는 건 아닐까 하고 나름대로 가닥이 잡힐 적엔, 새 장난감을 가슴에 안은 아이처럼 즐거워한 것도 바로 그때였다.

그렇게 이야기를 듣다 보면, 된장국이 있는 저녁식사를 기다리는 지금처럼 어느덧 어둠이, 늙은이가 들려주는 독백의 차분함처럼 다가왔다. 돌이켜 보면, 그것은 나의 글쓰기와 사진 찍기를 살찌웠던 묘약이었다. 이를테면, 이야기를 들으면서도 가끔, 파—아란 빛깔로 짙게 변해가는 하얀 눈밭의 산중을, 산막에서 새 나가는 불빛에 대보며 무척 새삼스러워 했던 일들이 대개 그러했다. 바깥과 별다를 거 없는 산막 안의 추위이기는 했다. 하지만 나는 그때, 숨을 고르는 중간마다 산막 서까래에 매달린 말린 명태를 바라보기도 했고, 병에 꽂힌 촛불을 무념하게 쳐다보기도 했다.

정상에서 내려서는 길로는 소나무와 참나무가 서로 다투는 숲이 펼쳐졌다. 눈 쌓인 이 산중에서 도대체 무엇을 찾아 나섰는지 나무 등걸을 오르내리는 청솔모가 눈에 띄었다. 고도계 수치가 점점 내려가면서 다시 신갈, 떡갈나무와 같은 참나무가 눈에 들어왔고 그 가지 끝에 까치집처럼 생긴 것이 보였다.

"된장국 냄새가 구수하네요."

겨우살이였다. 나무를 천천히 살펴본 이이는 '산밤'이라며 쓴웃음을 지었다. 참나무에 붙은 것은 몸에 이롭지만 밤나무에 슨 것은 독이 있다는 점을 그때 알았다. 잎이 없는 상태에서도 정확히 참나무와 밤나무를 가려냈는데, 이이는 줄기 트임과 줄기 빛깔을 보고 구별한다는 말을 들려주었다. 나는 그 길로 하산하면서 어쩌면 이이가 겨우살이처럼 살아가는 면도 있다는 생각을 했다. 땅에 뿌리 내리지 못하고 나무에 의탁한 하늘가지 신세처럼, 이이도 지난날의 상처 탓에 불빛이 있는 공간으로 섞이지 못하고 산에 기대어서였다. 무릎까지 빠지는 산길이 또 나왔다. 지쳐있었고 물밀듯 허기가 밀려왔다.

다시 들어온 방안은 매운 연기가 남아있었지만 바닥은 따뜻했다. 오래도록 거친 길바닥에 있다가 오랜 시간 에둘러 집에 돌아온 느낌이 들었다. 누추했으나 오늘 하루 꼬박 산행을 한 거에 대면 낙원과 평화에 다름 아니었다. 과일 상자를 밥상 삼은 곳으로 국이 올라왔다. 말린 명태를 넣어 끓인 된장국 한 가지와 흰쌀밥이 내는 훈기가 산막 안을 따스하게 감싸 도는 게 경이롭게 여겨질 정도다. 돌이켜 보면 고된 산행이었고 더구나 이곳은 산중이었다. 밥을 끼니 때마다 하기 어려워 이렇듯 추운 겨울에는 한꺼번에 이틀 치를 지어 두고 먹는다는 말을 마가목 차를 마시면서 들었던 기억이 난다. 담요에 묻어 둔 탓에 밥은 아직도 따스한 온기가 남아 있었다.

이 산길을 오를 때마다 나는 언제쯤 김 씨가 이 길을 내려갈까를 두고 궁금해 하기도 했다. 말린 나물이나 약초를 받으러 오는 이들도 '오늘은 밑에 안 가볼쳐?' 하고 운을 떼기도 했다. 갈 턱 없는 물음이어도 김 씨는 싫지 않은 표정이었다. 취재를 마치고도 김 씨는 삼 년쯤을 이 산에 더 머물렀다. 영림서에서 철거를 종용했고 그이도 떠날 채비를 하던 참이었다. 경북 산간으로 갔다는 말도 들렸고 더 아랫녘으로 갔다는 말도 들렸지만 확인하기는 어려운 일이었다.

"모레가 장날―입니다……."

산으로 들어올 때 들른 면 소재지 차부에서는 모레가 장날이라고 일러준 터였다. 거듭 장날을 말했지만 대꾸가 없다. 산막 밖에는 세 두릅이나 되는 코다리가 이미 칡넝쿨에 코가 꿰어 있었다. 이이가 다시 한번 마가목 차를 준비하는 새 밖으로 나왔다. 매운 된바람이 여지없이 얼굴을 스친다. 내내 숨을 조일 거 같았던 절벽 같은 앞산도 이 어둠을 어쩌지 못하고 캄캄하게 숨죽여 있다. 그 능선으로 여태 없던 둥근 달이 말 그대로 둥실 떠 있다. 차를 끓이는 나무 냄새가 산막에서 새 나오고 있다. 입춘이 멀지 않았을 것이다.

장날 이야기를 하면서 나는 김 씨의 눈치를 살폈다. 잠시 침묵이 흘렀고, 어둠이 깊숙이 내린 산막 바깥 기운까지 느껴질 정도였다. 만월 가깝게 차오른 달빛이 산막 바깥으로 내릴 거라는 생각이 미칠 무렵이었다. 이미 꾸려 놓은 장비와 옷가지를 정리하면서 다시 물었다. '낼 갈까요? 면에 중국집…… 맛나 보이던데. 짬뽕만 시켜도 군만두 주던데……' 그저 웃기만 하던 김 씨가 명태 걸린 서까래 아래에서 술을 내왔다. 물론 안주는 불린 명태였다. 우리는 그 마지막 밤을 적당히 구운 촉촉한 명태를 안주 삼아 밤을 맞았다.

졸업식

학교 운동장에서 본 바다. 운동장 왼쪽으로 염전이 있고 서쪽으로는 이렇듯 너른 바다가 펼쳐졌다. 내 눈에 이 바다는 그저 망망하고 볼품없어 보였지만, 아이들에게 이 풍경은 그림 형제와 안데르센 이었으며 더불어 이원수의 이야기 세계로 들어설 수 있는 관문이었다. 특히 이렇듯 해가 질 무렵이면 온갖 빛깔로 물들다 사위어 가는 하늘이 더욱 그런 느낌을 갖게 했다.

산막에서 나와 다시 도회에 이르렀을 때 나는 산막에 사는 김 씨를 어떻게 그려야할지 놓고 고민했다. 이야기를 쓸 수 없는 예민한 부분이 많았고 설령 그이 처지를 드러낸다 해도 옳게 독자를 설득할 만한 디딤돌 같은 걸 찾기 어려워서였다. 한정된 지면도 걸림돌이었다. 그렇더라도 수십 년 그이의 내력을 단숨에 말하는 것 자체가 무리가 따르는 일은 어쩔 수 없는 일이었다. 극지방으로 떠나는 여정처럼 멀고 긴 길이었고, 설산雪山보다 더 까마득한 곳에 그이의 삶이 잠겨 있어서였다. 그래서 떠올린 것이, 들려준 삶 전체를 한 상황에서 가늠해볼 수 있는 간결한 모습을 찾아보는 것이었다. 이것이 일면 효과적일 거라는 나름의 자신감도 한몫했다. 그이의 하루 생활을 산막과 산을 중심으로 풀어가다 보면 그 틈과 여백에서 김 씨의 고단했던 세월의 이면을 독자들이 찾아낼 거라 기대했던 것이다.

현상소에서 필름을 찾아와 볼 때도 나는 그런 면을 한 통으로 연속성 있게 보여줄 사진을 골라내는 데 골몰했다. 옆모습, 뒷모습, 찡그린 낯, 산 위로 짐승처럼 지쳐 오르는 모습들 해서 짧았던 시간과 한정된 공간이 그 안에 뒤섞여 있었다. 그러면서도 김 씨 이야기를 사진과 함께 짜가는 과정은 다시금 그이를 불러내야 하는 고통이 뒤따랐다. 하지만 나로서는 피할 수 없는 일이었고 더구나 직업이었다. 상대를 상처로 휘저

김 씨를 찾아갈 때면 이렇듯 숙전화(熟田化)된 밭을 이따금 볼 수 있었다. 본디 화전이었던 게 안정화되면서 영구 정착 농토로 바뀐 것이었다. 『가난한 이의 살림집』을 마무리 할 때도 김 씨 취재를 병행하며 이곳 산간 마을 사람들에게 들었던 이야기는 책의 내용을 마무리하고 검증하는 데 적잖은 도움을 주었다.

어야 얼마간의 수확이 보장된다는 점에서, 내가 하는 일이 자괴감으로 짓눌릴 적도 바로 이런 경우였다.

김 씨 원고를 잡지사에 넘기고 나는 모처럼 휴식에 들어갔다. 산행은 그렇게 다가온 여유를 더욱 살찌우는 알찬 것이었다. 그렇다고 김 씨처럼 길 아닌 곳을 들추어 갈 엄두는 나지 않았다. 그저 다람쥐나 산토끼처럼 조심스런 등산객이 지날 법한 길을 따라 순하게 찾아갔던 것이다. 이는 산에 목숨을 걸어야만 생존이 가능할 만큼 엄혹했던 김 씨 처지에 대면 차라리 낭만에 가까운 산행이었다. 그러면서도 산행 이력이 시간과 함께 적잖이 쌓이면서 깨달음 같은 수확도 찾아왔다. 이 산이나 저 산이나, 별 다를 거 없는 바람과 공기일 거라며 낮추어 보던 태도가 달라지면서였다. 산마다 내는 기운과 냄새가, 조금씩 다르다는 느낌이 점점이 선연해질 땐 까닭 모르게 가슴이 벅차오르는 희열도 맛보았다. 일깨우며 끌어주었던, 더할 나위 없는 인도자로 산행은 그렇게 내 맘에 스승처럼 자리 잡았다. 자연, 체력을 기르고 다음 취재를 도모하는 소중한 기회여서 마감이 끝나면 장거리 산행을 나서는 게 떨치지 못할 버릇이 되기에 이르렀다.

물론 산행에 버금가는 힘을 다른 곳에서 얻을 때도 많았다. 동무나

돌이켜 보면, 얼마나 대상과 친밀하느냐에 따라 성패가 갈릴 때가 많았던 게 내가 몸담은 다큐멘터리의 특성이었다. 친밀감이라고 해서 사람만이 있는 게 아니라는 사실을 알 때는 온 세상이 달리 보이는 느낌도 맛보았다. 산이나 들, 심지어 더러운 도랑물도 꾸준히 다니면 어느새 동반자가 되어 곁을 따르는 경우가 많았다. '무조건' 함께 밥 먹고 자는 것이 사람과의 친밀감을 더해주었고, 산과 들, 풀 같은 자연물은 '무조건' 걷고 오르는 것이 상책이었다. 언뜻 미련스러워 보일지도 모를 일지만, 이 방법은 일의 깊이를 내보여 구체적인 설득으로 파고든다는 점에서 최고의 묘약이었다.

선후배를 만나 이야기를 나누며 막걸리 잔을 비우는 일도 못잖은 위안이었고, 다음 일을 생각하게 했던 알찬 시간이었다. 그러면서도 최 씨의 바다와 김 씨의 산을 번갈아 생각했고, 때때로 국밥집 할미가 운전수 박 씨에게 중신을 서려 했다는 국밥집 아낙을 나는 간간히 떠올리기도 했다. 안타까운 생각이 번번이 일었어도 어쩔 수 없는 박 씨의 팔자려니 생각한 것도 도회의 시장 국밥집에서였다.

전라남도 장성이 탯자리라는 박 씨 말이 떠올라 그 고을을 지나치거나 백양사 어름을 취재할 때면 관심을 두곤 했다. 들르는 곳 마주치는 사람이 조금이라도 곁을 주면 '도락구' 박 씨를 말하며 물었고, 텔레비전 사람 찾기 프로그램 출연자처럼 인상착의를 설명하기도 했다. 그러다가 어느 순간 부질없다는 생각이 들었다. 찾아서, 도대체 뭘 어쩔 거냐는 생각에 이르면 그저 막연해질 뿐이어서 스스로 포기한 것이었다.

쟁반처럼 둥근 달을 본 적은 제법 있어도 해가 둥글다는 느낌으로 볼 기회는 드물었다. 청년기에 들어서면서 마침내 그 모습을 실감할 수 있었다. 서해안 구시포에서 본 해는 정말로 쟁반 같아서 놀랍고도 감동스러운 것이었다. 곧바로 삼십대를 맞으면서 동쪽해가 서쪽해와 어떻게 다른가를 알게 되었고, 서해안 사람들의 동쪽 지향적인 이주 경향성을 이해하는 데 나에게 커다란 영향을 끼쳤다.

하지만 미련은 남았다. 아쉬움이 뒤따랐던 그 마음들은 때때로 바다로 길을 잡게 했고, 장성에서도 바다는 가까운 곳에 있었다. 트럭에 실린 나무를 두어 번 부리고 할미의 국밥집으로 들어온 박 씨에게 나는 넌지시 물은 적이 있었다. 굳이 가까운 서쪽을 마다하고 먼 길, 동쪽으로 길을 잡은 이유를 내내 궁금해했던 것이다. 제 처지를 밝히기 꺼렸던 그이였지만, 그날따라 박 씨는 청진기를 가슴에 댄 환자처럼 직수긋했다.

"거그(서쪽)는 해가 지잖여."

이따금, 그렇게 장성이나 인근 고을을 취재하고 마무리를 할 때면 그이가 말했던 해지는 서쪽바다를 찾았다. 취재원과 헤어지는 시간이 대체로 오후 시간이어서 바다에 이를 때면 함지박만 한 둥근 해를 볼 수가 있었다. 동쪽 바다와 달리 맨 눈으로 봐도 별반 눈부시지 않았던 게 마냥 신기할 따름이었다. 복숭아 빛깔로 물들며 먼 수평선으로 떨어지는 달걀 노른자 같은 해가 때때로 장엄하게 눈에 들어오기도 했다. 하지만 처연한 감정을 자아낼 때가 많았고, 나는 가끔, 그런 감정을 부여잡고 취재했던 이들의 이야기를 풀며 싼 값에 얻은 민박집에서 원고를 쓰기도 했다. 그렇게 서해를 찾는 횟수가 늘면서 점점이 눈에 들어왔던 모습이 있었다. 지금에 와 생각해보면 머무르던 민박집에서 제법 가까운 곳이었다.

　그러니까 학교는 바다와 가까웠던 게 틀림없었다. 운동장에서 이백여 미터 떨어진 바다는 하루에 두어 차례 모습이 바뀌었다. 물이 나가면 펄이 드러났고 다시 들어오면 너른 호수처럼 보이기도 했다. 나는 그런 바다를 민박집 마루에서 내다보며 컴퓨터 자판을 두드려, 취재하며 만났던 할배와 할미, 중늙은이들을 컴퓨터 화면으로 불러내 원고의 얼개를 짜기도 했다. 망망한 건 바다만이 아니었다. 염전도 있었다. 물론 소금을 만드는 어찌 보면 단순한 곳이지만, 들어온 바닷물을 다시 못 떠나게 애써 붙드는 존재이기도 했다. 결국, 바닷물마저 허망히 하늘로 날아 가지만, 떠날 것을 어느 정도 막고 남겨둔다는 점에서 염전은 바다와 달 라 보였다. 염전 밖 펄로 물이 들어올 무렵이면 바다 가까운 학교에서

아이들이 교문을 나서는 모습이 민박집에서도 보였다. 특히 떨어지는 해를 어린 새가슴에 안고 염전 길로 걸어가는 아장하거나 큰 아이들 모습은 그 자체만으로도 그림책 같은 풍경이었다.

학교에서 바다에 이르는 길은 여러 갈래였다. 그 가운데 아이들은 염전의 좁은 길을 거쳐 바다로 나가는 걸 좋아하는 듯했다. 특히 썰물 때가 되면 더더욱 염전 길을 따라 바다로 나갔다. 처음엔 그 선택을 이해하지 못했다. 보다 안전하고 걷기 수월한 길이 여럿이어서였다. 민박집 마루에서 그런 모습을 보는 일

비금도나 증도의 염전에 견줘 작은 염전이기는 했다. 그래도 염전으로 나서면 뭍과 바다를 가르는 둑 어름에서 반짝이는 바다에 눈이 부시곤 했다. 아이들이 모험을 즐기는 시간도 이 순간이었다. 해를 안고 좁은 염전 길을 가는 것이 성가신 일이었지만, 아이들은 레일 위를 걸을 때처럼 순간을 즐기는 듯했다.

은 주체할 수 없는 궁금증을 자아내기에 충분했다. 맛나는 군것질거리를 파는 점방이 있는 것도 아니었다. 까닭을 알고 싶어 몸이 달 지경이었다. 그렇게 학교로 찾아간 날엔 황망하게 운동장이 드러나 있었다. 폭우가 쏟아질 것처럼 흐리고 어두운 날이기는 했다.

물이 떠나버린 바다 바닥엔 흐린 그날 학교 운동장처럼 너르고 단단한 모래 개펄이 드러났다. 찹쌀죽처럼 질척한 펄만을 생각한 나로서는 그저 놀라울 따름이었다. 아이들은 그곳에서 땅 긋기 놀이를 하기도 하고 닭싸움을 했으며, 또 다른 여자아이들은 마치 엄마라도 된 듯 바지락을 캐곤 했다. 그 모습을 물끄러미 바라보기도 했는데, 이따금 아이들은 하던 일을 멈추고 더 멀어져 가는 수평선으로 눈길을 주곤 했다. 그렇게 쳐다보는 시간은 대개 십여 초에 지나지 않았다. 하지만 어떨 땐, 그랬다. 이삼 분을 훌쩍 넘기고 오 분이 다가와도 시선을 거두지 않아 나를 당황스럽게 하기도 했다. 아무것도 없을 만큼 내 눈엔 무망하게 보였던 게 사실이었다. 그런데도 무엇을 내다보는 건지 나로서는 도대체 알다가도 모를 일이었다. 그리고 다시 도회로 돌아와 이미 익숙하게 자리 잡은 막걸리집 순례와 산행을 이어갔다. 천 미터, 오백 미터, 이름난 산, 내쳐진 산, 가릴 거 없이 오르고 내렸다. 당분간 박 씨의 탯자리였던 장성 고을이나 서해바다 쪽에서 취재할 일은 없을 터였다. 그렇게 '도락

모래갯벌은 생각보다 단단했다. 아이들 손으로 글씨를 쓰려면 상당한 힘을 주어야 할 정도였다. 나는 아이들에게 무심결로 물었다. '이 바닥에 글자를 쓰면 어떤 걸 지금 쓸 수 있을까?'였다. 머슴애들이 찰박이는 물결가로 내달린 뒤였다. 생각하는 듯하다가 쓴 글씨는 고대의 상형문자처럼 알 수 없는 상징을 지닌 것이었다.

구' 박 씨도 이누이트를 생각나게 했던 설산의 김 씨도 잊히는 듯했다.

다시 연락을 받은 것은 2월을 보름이나 앞둔 날이었다. 내가 사는 소도시엔 눈이 발목까지 쌓였던 날이기도 했다. 그 학교 분교장이 전화를 해온 것이다.

"우편물 받으셨지요? 내달 초사흘인디. 거시기 허시더라도 참석혀 주십사 허고요."

폐교 행사를 겸한 졸업식이 그날 열렸다. 바다로 나가 더 멀어진 수평선을 바라보던 스무 명쯤 되는 아이들이 다섯 평 남짓한 무대에 서 있었다. 제 몸집보다 큰 군복을 입은 아이도 보였으며, 우스꽝스럽게 늙은 이로 분장한 아이도 있었다. 이야기와 율동, 그리고 독창과 합창이 번갈아 가며 무대에 오를 때, 나는 창밖으로 펼쳐진 바다와 염전에 가끔 한눈을 팔았다. 그러면서 이따금 박 씨를 생각했고 김 씨를 그 얼굴 위에 겹쳐 보기도 했다.

도라지 타령이 나오고, 고추잠자리라는 율동을 보여줄 땐, 몇 안 되는 학부형들의 박수소리와 웃음이 터져 나오기도 했다. 특히 사내아이 둘이 이 도령과 춘향이로 꾸며 사랑가를 천연덕스럽게 부를 때는 말 그대로 절정에 다다랐다. 외진 어촌 마을 분교 운동장으로 그 웃음소리는 희망으로 퍼져 나가는 듯했다. 가끔 머물렀던 민박집 할미도 불려와 웃음을 주체할 수 없다는 듯 허리를 굽히며 머리를 외로 꼬았다.

여느 집 할 거 없이 할배 할미들은 제 몸과 맘을 약물에 기대고 있었다. 강한 독성으로 도회에서는 사라진 '뇌신'이 아직도 할미들 손에 들려 있었으며, 피린계 진통제가 집집마다 널려 있었다. 맘과 몸에서 오는 아픔을 이기는 데 이 약들은 종교와 같은 심리적 안정을 주었고 구원처럼도 보였다.

눈이 올 듯 했으나 비가 내렸다. 학교 슬레이트 지붕을 타고 흘러내리는 낙숫물 소리가 공연 사이사이에 들리기도 했다. 그렇게 행사가 거의 끝나갈 무렵, 쥐색나일론 점퍼를 입은 아이가 무대에 섰다. 바다로 나갈 때마다 염전 길을 고집했고, 그 누구보다 수평선을 오래 바라보던 머슴애였다. 너무 조용해서 어깨를 툭툭 쳐주어도 수줍게 웃고 말던 아이가, 또렷한 발음으로 편지를 읽어나갔다.

그런 현실을 조금이나마 이겨보려고 이 학교 교사들이 애쓴 쪽은 예능이었다. 그렇다고 허망하게 양악기를 가르치는 것은 아니었다. 아이들 처지에, 제 스스로 외로워질 때, 즉각 위안을 삼을 수 있는 피리나 하모니카, 그리고 재미진 소리를 많이 가르치는 모습은 보기에도 설득력 있었고 신선하기까지했다. 이는 안정된 중산층의 교사가, 기울어버린 아이들을 어떻게 이해하고 있는가를 보여주는 상징적인 사례였고 조심스러운 접근이었으며 소통이었다.

하늘에 계신 아버지께

아빠 저 OO에요

나는 아빠가 보고 싶은데 아빠는 제가 보고싶지 않으세요

아빠 돌아가셔 새 아빠께서 더욱더 잘 해 줘요

하지만 아빠가 좋아요

아빠가 안 계시니 조금도 슬퍼해요

대들 아빠가 계신다고 자랑치는데 저는 아빠만 생각하면 슬...

... 공부도 열심히 하고 있어요

... 열심히 하고 있다가 레슬링도 결심형 하고 있어요

... 함께오셔서 지내고 있어요

저번날에 ○○ 레슬링 시합을 갔는데 총학○ ○학년과

못어요

나는 아빠가 계셨다면 보러 시합하는데 가서 응원도 하고

... 데......

...라가셔서 밥도 못 먹고 형이 레슬링 하는...

... 슬퍼요

할머니께서 나한테 잘 해 줘서 행복 합니다

다빠 저 오늘 상장 받았어요

아빠 저 하늘에서 보면서 지켜 주세요

엄마 말씀도 잘 듣고 착하게 살게요

형아 말도 잘 듣고 훌륭한 사람이 될게요

아빠 이만 줄이...

하늘에 계신 아버지께.

나는 아빠가 보고 싶은데 아빠는 제가 보고 싶지 않으세요?

아빠가 돌아가셨지만, 하지만 아빠가 좋아요.

아빠가 안 계시니 조금 쓸쓸해요.

애들은 아빠가 계신다고 자랑 치는데 저는 아빠만 생각하면 슬퍼요.

형은 이제 중학교 올라갔어요. 저도 열심히 하겠어요.

그리고 레슬링도 열심히 하겠어요.

저번 날에 형이 레슬링 시합을 갔는데

중학교 이 학년과 붙었는데 졌어요.

나는 아빠가 계셨다면 형이 시합하는 데 가서 응원도 하고 맛있는

밥도 사먹었을 텐데…….

할머니께서 나한테 잘해주셔서 행복하답니다.

아빠 저 오늘 상장 받았어요.

아빠 저 하늘에서 보면서 지켜주세요.

할머니 말씀도 잘 듣고 착하게 살게요.

형아 말도 잘 듣고 훌륭한 사람이 될게요.

아빠 이만 줄일게요.

학교 공부를 마친 아이들이 딱히 갈 곳이 없다는 점은 이 마을이 갖는 큰 어려움이었다. 방과 후 프로그램 같은 게 전혀 없던 시절이어서 아이들은 갯가나 이따금 버스가 멈추는 차부에서 대부분의 시간을 보냈다. 차부는 맛난 과자와 낯선 방문객이 내리는 곳이어서 아이들에겐 인기 있는 코스였다. 그리고 갯가였다. 썩 내키는 장소는 아닌 듯했지만 아이들은 염전을 가로지르며 갯가에서 시간 보내는 걸 즐기는 것도 같았다.

나 말고도 스물댓쯤 되는 늙은 학부형들도, 그 순간 창밖으로 떨어지는 낙숫물 소리를 들은 듯했다. 이렇게 서둘러 단정한 것은, 할배 할미들이 아무 소리도 내지 않았기 때문이다. 좀 전 사랑가를 들을 때만 해도 한바탕 배꼽타령을 하던 늙은이들이, 창밖 낙숫물 소리에 넋을 놓지 않고서야, 그렇게 아무 말도 하지 않을 수는 없어서였다.

아이들은 때때로 뭔가를 붙잡고 싶어 하는 눈치를 보였다. 민박집 마루에서 멀리 내다볼 적이나 학교로 찾아가 아이들과 얼굴을 익힐 때도 마찬가지였다. 어찌 보면, 멀리 멀어져 가는 그 모든 것을 잡아보려는 몸부림처럼 보이기도 했다. 폐교가 되면서 인근 읍내로 전근을 앞둔 교사는 이런 말을 들려주었다.

"어렵고 눈물 나는 가정이 아주 많아요. 종일! 일 년 내내 일하는데도 늘 생활이 어려우세요. 왜 나아지지 않는지 모르겠어요. 이제 학교가 문을 닫아요. 그래서 뭔가를 해야겠다 싶어 이 행사를 준비한 겁니다. 아이들이 남 앞에 선다는 걸 많이 두려워하는 그거, 그거를 깨고 싶었어요. 형편이 어렵다고, 가난하다고, 남 앞에 서지 말라는 법이 어디 있겠어요. 좀 엉성해 보이셨을지 모르지만 그래도 우리 아이들이 한 겁니다."

교사로서 한계를 느낀다는 말을 들은 건, 복도 끝 출구에 우두커니 서 있다가 처마 낙숫물을 손바닥으로 받아내며 장난을 칠 때였다. 교사는 사진기에 물이 튄다는 말을 앞세우며 말을 이었다. 아이들 처지가 나날이 어려워지고, 한 부모, 조손 가정이 늘어가는데 깊은 절망감을 느낀다고 했다. 조금만 손길을 내밀어도, '금방 울어버릴 듯 품으로 다가드는 착한 아이들'이 바로 이 아이들이라며 긴 숨을 내쉴 땐, 손바닥에 부딪힌 빗물이 가슴께로 튀어 오르기도 했다.

폐교식을 겸한 졸업식은 오후 두 시를 넘기며 끝났다. 편지를 읽었던 머슴애 손을 잡고 한 할미가 운동장을 가로지르고 있었다. 과자를 후원했던 학교 앞 점방집 남자가 할미를 두고 영산포 댁이라고 택호를 말해 주었다. 교무실 현관에서 그 모습을 물끄러미 쳐다보는데, 분교장이 다가왔다.

"읍내 가십시다요. 쪼까, 한 꼬푸 험서 히포를 풀어 봅시다."

교직원을 태운 승합자동차는 모래 개펄 같은 운동장을 빠져나와 빠르게 면 소재지를 벗어나고 있었다. 앞 유리로 부딪히는 빗발이 제법 굵었던 걸로 기억한다. 이 밤 내내 내려 교실 유리창처럼 길이 깨끗해지면 아이들이 바다를 찾아가는 길도 수월할 거란 부질없는 생각도 들었던 거 같다. 내내 스치던 서쪽 바다가 등 뒤에서 멀어지고 있었다. 나일론 점퍼를 입었던 머슴애가 택했던 염전 길이 아득해진 것도 그 무렵이었다.

고동소리

홍 씨를 만나러 길을 나서면 공교롭게도 초저녁에 도착할 때가 많았다. 홍 씨는 이미 바다로 나간 뒤여서 그 밤에도 나는 선창을 기웃거리며 잡고기 조림이나 매운탕을 파는 밥집에서 늦은 시간까지 머물렀다. 자정을 넘기면 가까운 여인숙에서 잠을 청하며 이른 새벽 돌아올 홍 씨를 기다리곤 했다. 하지만 뒤척일 때가 많았다. 그래서 새벽바람으로 여인숙을 나서 홍 씨가 자주 찾는 위판장 매점 식당에서 그이를 기다리곤 했다. 아랫녘 큰 항구에서 온 채낚기 배들의 강한 불빛이 식당 안까지 미칠 때도 그 무렵이었다.

유리를 단 미닫이문은 에나멜 칠한 나무로 돼있었다. 문틀 도르래가 망가진 탓에 들고 날 때마다 둔중한 소리를 냈다. 그러면 메마르고 차가운 바깥 기운이 온기 머금은 주방쪽 실내까지 파고들었다. 나일론 점퍼를 잠수부처럼 껴입은 잿빛 중늙은이들은 그러거나 말거나 해물 섞인 콩나물국에 밥을 말았다. 해장으로 소주를 마시는 이들도 눈에 띄었다. 빨간 입술연지가 도드라지는 주인 아낙은 문이 열릴 때마다 '아이고' 소리를 내며 사람들을 맞았다. 반갑다는 것인지 싫다는 것인지 도무지 알아채기 힘들었지만 사람들은 익숙한 듯했다. 위판을 기다리며 멀건 콩나물 국물에 몸을 녹이는 까칠한 사내들이 따스한 백열등빛 아래서 그렇게 새벽을 기다리고 있었다.

큰 배가 들어와 머무르기엔 성가셔 보이는 포구였다. 동해 연안이 대게 그렇지만 지나치게 해안선이 단조롭다는 게 가까운 거리에서도 느껴질 정도였다. 그래서 방파제 길이도 백여 미터에 지나지 않아 언뜻 보면 드라마나 영화를 찍기 위해 급하게 만든 세트장처럼 보였다. 그런데도 포구엔 작은 배들이 제법 많았다. 방파제 끝 빨간 등주 안쪽으로 전마선 같은 배들이 사료가 뿌려지길 기다리는 닭떼처럼 몰려 있는 게 신기할 지경이었다. 통발을 비롯한 연안 어업으로 생계를 잇는 배들이었지만 속은 알차 보였다. 그래서 작은 규모임에도 수협 위판이 이뤄지는

풍랑주의보가 일던 날, 위판장 매점처럼 잡고기 조림을 파는 집에서였다. 홍 씨가 느닷없이 농사를 지어보고 싶다는 말을 한 것이다. 선원으로 잔뼈가 굵은 터라 좀처럼 이해하기 어려웠으나, 그이의 탯자리 목포에서 흙을 만져보았다는 유년기 이야기는 오래도록 여운이 이는 것이었다. 흙을 만지는 것과 '앞자락' 짠물을 뒤집어쓰며 일하는 게 같을 수는 없다는 말도 얼핏 했던 거 같다.

보기 드문 포구이기도 했다.

출입구 가까운 곳엔 대걸레를 비롯한 청소도구가 구석 신세를 지고
놓여 있었다. 누구도 앉지 않으려 했지만 어젯밤 바다로 나간 홍 씨는 그

자릴 제 지정석처럼 찾아 앉았다. 문을 열고 들어오는 사람과 눈이 마주치지 않고 안쪽으로 들어가는 이를 뒤통수부터 살피며 정체를 가늠하기 좋은 위치이기는 했다. 하지만 굳이 그렇게 하지 않아도 홍 씨는 풍채 좋은 사람이었다. 백팔십 센티미터를 훌쩍 넘기는 키에 대화퇴, 남중국해에서 잔뼈가 굵은 그이의 바다 이력은 누구도 넘보지 못할 만큼 다부진 근력으로 단련 돼 있어서였다. 이는 조금 더 북쪽 연안에서 고용 선장 노릇하는 최 씨 이력과도 닮은 데가 있는 것이었다.

철에 따라 뱃일을 하며 닻을 내리는 게 최 선장의 포구라면, 작은 배들이 살림을 꾸린 홍 씨의 포구는 여느 항구와 달리 부부나 부자가 함께 뱃일을 하는 가족형 어업이 주를 이루었다.

위판이 끝나고 홍 씨는 뱃사람들과 함께 밥집으로 들어섰다. 제몫이 아닌데도 제법 값을 친 후여서 홍 씨 표정은 무척 밝았다. 복숭아 과수원을 갖고 있는 선주는 이날 배에서 내린 여분의 물고기를 밥집에 내놓았고 아낙은 절반은 탕으로, 그리고 또 반은 간장에 조려 내왔다. 조려낸 잡고기는 그 흔한 무 하나 넣지 않았는데도 부드럽고 찰진 맛이었다. 당연히 비결을 묻기도 했다. '물에서 온 지 십 분도 안 됐는데 무슨 양념이 필요하'느냐는 아낙의 말이 귓전을 울렸다. 해장 술자리가 끝나고 홍 씨가 집으로 올라갈 무렵 멀리 해가 돋고 있었다.

일 톤이 채 안 되는 소형 통발배는 대부분 반농반어를 하는 이들이었다. 어촌계에서 일정한 구역을 분양받아 통발을 내렸는데 문어를 주로 잡았다. 홍 씨처럼 제 살림 전부를 바다에 기대는 이와 달리 어황이 좋지 않아도 웃는 낯을 짓는 게 남달랐다. 홍 씨는 이런 이들을 '복 받은' 사람들이라며 부러운 눈치를 노골적으로 드러내기도 했다.

삼 톤이 채 안 되는 배가 대부분이었는데 그이들은 뱃일 말고도 믿는 구석이 여럿 있었다. 이를테면, 작게는 오백여 평부터 오륙천 평에 이르기까지 다양한 규모로 밭농사를 부쳤고, 몇몇 집에선 복숭아 과수로 한철 재미를 누리기도 했다. 그것은 굳이 바다에 제 목숨을 대지 않아도 살 수 있는 든든한 버팀막이 되기에 충분해보였다. 이는 처지에 따라 달리 볼 수도 있지만, 때에 따라 이 포구에서 신분을 드러내는 중요한 상징처럼 작용하기도 했다. 그러나 이런 환경은 포구가 갖는 순한 모습으로 일면 보였어도, 이따금 배타적 내침으로 외지에서 정착하려는 사람들에게 상처를 주는 아픔도 있었다. 당연히 홍 씨도 그 내침에 번번이 걸려들 때가 많아 주먹다짐과 멱살잡이로 분을 풀어보지만 그것은 당초부터 어림없는 일이었다.

밥집에서 들어올 배를 기다리는 이들은 위판에서 잡부로 일하는 이들이 대부분이었다. 물고기는 가까운 도회에서 온 횟집 주인들이 새벽 경매로 구입했는데 잡부들은 그 횟집에 고용되었거나 거간 노릇으로 이익을 취하고 있었다. 물론 바다로 나간 사람들과 달리 타관살이에 익숙한 이들이었고 그것은 밥집 주인도 마찬가지였다. 그런 가운데 새벽 다섯 시가 가까워 오면서 밥집은 새로운 분위기로 옷을 갈아입었다.

하나 둘 배가 들어오면 여태 밥집에 머무르던 타관 뜨내기들이 일거에 선창으로 몰려 나갔고 그 빈자리를 바다에서 돌아온 포구 토박이들이 메우는 것이었다. 별났던 건 바다에서 온 그이들이 사각 호마이카 탁자에

위판을 기다리는 이들은 쪼갠 석탄 원석을 장작불처럼 피워 추위를 녹이고 있었다. 최선장과 양미리를 구워먹을 때도 이렇듯 석탄을 원료로 한 것이어서 반가움이 앞섰다. 나는 이곳에서 좌판을 낸 할미들이 굽는 생 오징어를 초장에 찍어 먹으며 홍 씨를 기다리기도 했다. 곁에 있는 석탄불을 목욕탕용 좌식 받침에 앉아 쬘 때면 마치 성냥팔이 소녀가 된 기분도 들었다.

앉는 시점부터 특유의 '아이고' 소리를 아낙이 내지 않았다는 점이었다.

밥집 뒤편 산기슭에 자리 잡은 블록 벽채의 세 칸 일자형 슬레이트집이 홍 씨가 살고 있는 집이었다. 십여 년 전 혼인했다는 각시가 여태 붙어 있는 게 신기할 만큼 살림은 볼품없었는데, 그 사이에 여덟 살 난 머슴애가 혹처럼 홍 씨에게 달라붙은 형국으로 그저 남루하기만 했다. 지금 기억에도 그이가 사는 집에서 따스한 온기를 찾는 것은 옹색한 토

방가에서 빗살 창호문으로 비치는 불빛을 맥없이 쳐다볼 때뿐이었다. 그러면 문창살 빛과 함께 걸걸한 홍 씨 목소리가 두—런, 궁시렁 하며 흐릿한 불빛에 묻혀 밤공기를 가르곤 했다. 쇠뭉치를 제 목울대에 달아매고 말하는 것처럼 무거웠던 홍 씨 목소리는, 며칠 전 뒤란에서 소변을 보고 툇마루로 올라서며 엿들을 무렵 절정에 다다랐다.

"고향 가먼! 먼일이 조—칸디? 유세만 산다니께. 긍게 여그서 이천팔 년 살잔 말여……."

그저 부업거리로 토박이가 바라보는 바다와, 목숨 전부를 내놓은 타관붙이 홍 씨가 여기는 바다는, 그만한 거리로 서로를 가르는 듯했다. 밥집 아낙은 분명한 그런 경계와 객지의 한계를 잘 알고 있었고 슬기롭게 제 몫을 찾고 있었다. 그렇지만 정신지체를 앓는 홍 씨의 짧은 생머리카락 각시는 열흘 꼴로 제 탯자리 목포를 철없이 노래했다.

트럭 엔진 소리가 수선스럽게 들리며 밥집 사내들은 하나둘 자리를 떴다. 미닫이문은 꽤 긴 시간 열린 채로 차가운 된바람을 실내로 불러들였다. 느닷없는 새벽 칼바람이었지만 싫지만은 않았다. 아낙은 서둘러 상을 치웠고 이어 들이닥칠 포구의 뱃사람들 맞을 준비를 했다. 정치망 갑판 잡부로 그이들에 섞여올 홍 씨도 곧 저 문턱을 넘을 터였다. 잊을 만하면 고향 타령으로 속 끓이는 각시와 제 스스로 혹이라며 토실한 아들 궁둥이에 바람 입맞춤 해대는 홍 씨 또한 그이들에 섞여 해

홍 씨가 사는 집은 방이 두 칸이었으나 실제 쓰는 방은 세 평 남짓한 방 하나였다. 구들이 내려앉은 건넌방엔 가족의 옷가지가 과일 상자 여러 곳에 담겨 있었다. 내가 연재하던 잡지사에서 기자들에게 얻어온 것도 있었고 복지관에서 준 아이의 때때옷도 있었다. 홍 씨의 처는 이런 옷을 안방으로 가져와 하나둘 꺼내 보는 것을 유달리 즐겼다. 나일론과 혼방, 그리고 면과 모직에서 오는 서로 다른 감촉을 제 가슴께에서 가려내는 모습이 자주 눈에 띄었다.

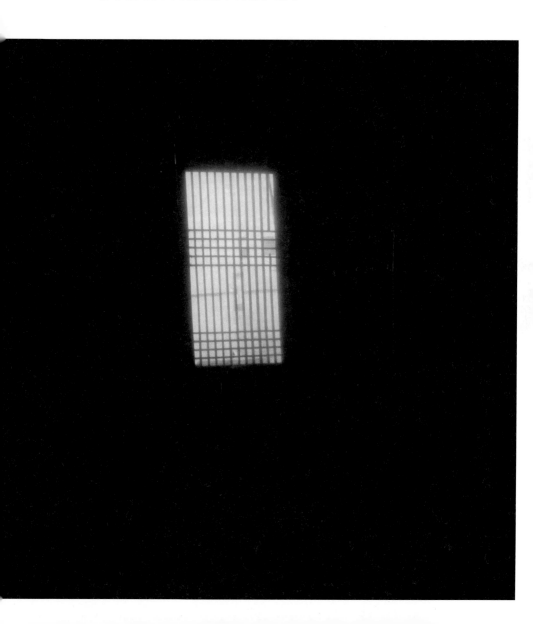

장술을 기울일 것이다. 목포가 고향이라는 말을 밥집에서 듣던 날이었다. '가고파'라는 상관도 없는 노래를 아느냐고 뜬금없이 물었을 때, 홍씨는 그것이 '빱쏭'이냐며 되물었던 기억이 이 새벽에 새삼스레 떠오른다. 밥상 훔치는 주인 아낙 등 뒤를 물끄러미 쳐다보았다. 떼 탄 흰 벽으로 '봉달고속가스뱅크'에서 제공한 숫자 달력이 우두커니 걸려있다. 그즈음 어선들의 고동소리가 왁자한 사내들 소리를 누르며 간헐적으로 들려왔다. 그 거친 틈으로 보랏빛 여명이 꿈틀거리고 있었다.

바다와 들, 그리고 산간은 이 책의 이야기를 끌어가는 핵심 배경
이다. 이 셋은 서로 배타적으로 단절된 공간이라고 생각했던 것
이, 처음 이일을 할 때 품은 생각이었다. 그러나 햇수를 거듭할수
록 생각이 달라졌다. 보이지 않는 구석에서 서로 이어져 있다는
점을 어렵지 않게 알 수 있었던 것이다. 떠난 이가 강이나 들을 가
로질러 도시로 갔고, 도시에서 이어갈 수 없는 어린 인연이 바다
나 산간의 작은 집으로 옮겨와 생경하게 적응해야 했던 현실들이
대개 그러했다. 홍 씨 또한 뭍에서 도회로, 그리고 다시 먼바다로
이어졌던 삶도 그 궤에서 벗어나지 않는 것이었다. 내내 그리워하
는 땅 목포가 어서 손에 잡히기를 그날도 바랐던 거 같다.

아침

구름 사이로 이따금 해가 드러났다. 그럴 때마다 바다 수면 위로는 무대 조명처럼 점점이 빛이 내려
앉아 별천지를 연출했다. 물론, 둥그런 태양빛 조명을 받는 곳으로는 막바지 수확을 앞둔 김이 자랄
터였다. 초가을 달라붙어 모진 삭풍을 견디며 봄에 다다라 이승의 끈을 놓는 김을 두고, 계원들은 '저
거이 사람 생목숨 같구먼' 했다.

산골 나그네처럼 머물러 있던 새벽은 먼바다부터 사위어 갔다. 어스
름했던 기운이 사라지면서, 푸른 모습으로 우두커니 떠 있던 섬과 바

서 씨는 김양식장을 갖고 있었지만 잦은 사고와 가정사로 죄 잃었다. 새벽녘 해장술이 생각난다며 갯가 주막으로 나선 날. 주막집 아낙 진주댁은 눈을 헤뜨며 '이 시벽에 먼 술이노' 하면서 굴과 달걀을 푼 김국을 끓여 내왔다. 여명의 이른 바다 주막에서 해장술에 젖어본 것도 오래간만의 일이었다.

다가 그 무렵 제 모습을 찾아갔다. 나는 회랑처럼 긴 마루를 지나 시멘트 토방을 딛고 마당으로 나섰다. 이슬이 없는 아침이 낯설기는 했다.

의지처를 잃은 과수댁을 마을에서 거뒀다는 서 씨 말은 두고두고 가슴에 남는 것이었다. 과수댁 또한 이런 마을의 배려를 잘 알고 있었고 그 새벽녘에도 술을 팔수가 있었다. 바다일이 대개 이른 새벽부터 이뤄지는 경우가 많아 홍 씨가 자주 들르는 위판장 매점처럼 아침 일이 바빴다. 하지만 북적이지는 않아 서 씨나 그 또래들이 이따금 해물 장국을 먹거나 소주잔을 기울일 뿐이었다.

꽃 피는 철이어서 어쩔 수 없는 일이었다. 마당 끝 낮은 돌담에 이르자 처마 끝에서 반쯤 머무르던 바다가 더 넓고 시원하게 다가왔다. 해변 낮은 산과 들, 그리고 바다에 박힌 무수히 많은 말뚝과 부표 끝에서 마침내 해가 들고 있었다. 어두운 극장에서 영화가 새로 시작할 때처럼 눈앞 풍경은 기대감으로도 다가왔다.

짧은 새벽, 드러내놓고 시간을 아쉬워한 건 서 씨였다. 어제 이맘때도 그랬다. 나그네처럼 홀연해버릴 여명의 새벽을 붙잡고 시간을 구걸하는 듯한 인상을 주었다. 누가 보아도 부질없는 일로 여겨질 일이었다. 그렇지만 그 일이 그이에겐 위안일 수도 있고 삶을 끌어가는 동력처럼 여겨질 수 있다는 걸 알게 된 건, 작업선에서 만난 사내들과 밥집 아낙의 말을 들으면서였다.

그러니까 오 년 만에 다시 찾은 첫날이었다. 서 씨와 함께 동트기 전 갯가 주막 문을 두드릴 때만 해도, 이 시간에 문을 열어줄까 의구심이 들기는 했다. 하지만 설 깬 잠에 눈을 부비면서도 문을 열어주었던 아낙은 선뜻 술을 내왔다. 도저히 불가능한 일로 보였지만 어찌 보면 가능할지도 모른다는 생각이 든 건 지금 생각해도 신기한 일이었다.

소금창고처럼 판장으로 벽을 두른 주막은 그 자체가 영화세트 같았다.

삼십여 년 물고기 내장 따는 일로 쓰였던 어촌계 작업장을 십여 년 방치하다가, 칠 년 전 진주에서 온 과수댁에게 거저 빌려준 낡은 건물이었다. 건물 한 귀퉁이를 베니어로 막아 방을 들이고, 그 밖 공간은 술과 밥을 파는 주막이었다.

펄이 드러난 곳에서 동쪽을 보면 김양식장이 한눈에 들어왔다. 불법무기산 단속을 한다는 말이 관청에서 나올 무렵 사람들은 앞으로 닥칠 여름일을 걱정하는 눈치였다. 유속이 적당하고 수온이 차 양식에 좋은 조건을 지녔지만 해마다 수온이 높아져 안심할 수 없는 처지였다.

타일 붙인 시멘트 골조의 주방 조리대가, 아일랜드 부엌가구처럼 공간 한 가운데를 향해 놓인 낯설고 오래된 구조였다. 그날, 아낙이 술국을 만드는 동안 서 씨는 타일 붙인 주방 조리대에 소리 나게 소주병을 올려 놓으며 말했다.

"그란께…… 새벽술이 이슬하고 한 속이요."

새벽에 듣는 말로는 뜬금없다고 생각했다. 그러면서도 술을 이슬에 견주는 말끝에서 '김도 이슬처럼 순수하게 검어야 제대로 된 김'이라고 했던 말이 느닷없이 생각났다. 벌써 오 년 넘은 시간이었지만 놀랍도록

저녁 여덟 시만 되어도 마을은 적막에 잠겼다. 마을 안길에서 바다까지는 일 킬로미터 가까이 떨어졌
는데도 파도가 치는 날이면 바로 곁처럼 생생하게 들릴 지경이었다. 나는 그 시간에 계원들 집을 찾
아다니며 밥을 얻어먹기도 하고 마을에 얽힌 여러저러한 이야기를 듣기도 했다.

또렷하게 떠올랐다. 그랬던 그가 그날엔 다른 태도로 김을 설명했다. 완강한 사람이었고, 특히 쌀밥에 싸먹는 김에 대해선 좀처럼 물러서지 않던 서씨였고 보면, 그것은 매우 놀라운 일이었다.

'잡태'로 불리는 파란 파래가 섞이면 그것은 김이 아니라 '잡것'이라며 대놓고 폄하했던 게 수년 전 만났던 서씨였다. 물론 당장 눈에 띄었던 변화는 그이의 다리였다. 처음엔 늙은이가 되었으니 이제 관절도 기능을 잃어가는 줄로 여겼다. 하지만 걸음새가 아무래도 걸려 무릎을 만져 봤을 때, 나는 적잖이 놀라고 말았다. 해병대 하사관으로 군역을 마친 그이 다리는 그새 플라스틱과 나무가 섞인 의족으로 바뀌어 있었다. 김 채취선을 타고 선착장으로 돌아오다 낙뢰를 맞은 것이었다. 다행히 목숨은 건졌으나 손상된 다리는 잃을 수밖에 없었다는 말을, 그이는 다리를 만지고 있던 내 손을 차분히 물리며 들려주었다.

다리를 잃고 담배와 술이 곱절 늘었다는 말도 주변 사람에게서 어렵지 않게 들을 수 있었다. 어린애처럼 천연덕스럽게 바뀐 성격은 마을 사람들이 때마다, 철마다 하는 말이라고 했다. 어촌 계원 사람과 진주에서 온 오갈 데 없는 과수댁뿐만 아니라 나에게까지 그 일은 놀라운 변화로 비쳐지기에 충분했다.

김 채취는 4월에 접어들면서 지난 1월달보다 자주 채취하는 듯했다. 그런 만큼 아낙들이나 남정네들 손길이 바빠졌고, 이어 닥칠 시설물 철거와 사상체 배양 같은 일이 태산처럼 기다리고 있었다. 그러면서도 다시 닥칠 여름철을 어떻게 넘길까를 두고 걱정 반 기대 반 하는 눈치였다.

오 년 전 처음 찾았을 때 이 마을은 대체로 뒤숭숭한 분위기였다. 파래와 바닷물 온도, 그리고 황반병이 무겁게 양식장을 짓누르고 있었다. 도대체 뭐가 그렇게 큰 문제인지 나로서는 어리둥절할 뿐이었다. 당초 맘에 두고 찾아간 것은, 평화로운 바다에서 평화롭게 살아가는 어촌 사람들의, 바로 그 '평화'를 담는 것이어서 더 그랬다. 당황할 수밖에 없었고, 방향을 바꿀 것인지 아니면 이곳을 단념하고 다른 곳을 찾을지를 두고 방법을 찾아야 했다. 하지만 그렇게 서두르는 동안에도 맘만 바쁠 뿐 시간은 거침없이 지나갔다. 그 무렵 연재하던 잡지의 성격과 취향이 맘에 걸려 도무지 사진기가 손에 잡히지 않았다. 무겁기만 한 이야기를 이대로 발표했다가는 말 그대로 '잘리'거나, 이듬해 연재 기회를 잃을 게 분명한 상황이었다.

그때만 해도 나는, 연재 기회를 해마다 이어가는 게 중요한 지상과제였다. 일 년 이상 연재할 지면을 해마다 거르지 않고, 적어도 세 곳 이상 얻어야 최소한의 생계가 가능했던 게 당시의 내 처지였다. 연재 지면이 두세 곳에 미치지 못하면 그해 살림은 꼼짝없이 나락으로 떨어졌다. 옹색한 찬이 세 때를 잇고, 온갖 궁상으로 골목과 거리를 배회해야 했던 게 내가 하는 일의 절박한 실정이었다. 매체의 성격을 적당히 맞추려고 우왕좌왕했던 일도 그때 빚어졌다. 독자의 사회적 흐름과 관심사에 민

의족을 한 서 씨

감하게 반응하며, 어찌하면 그이들의 비위에 부응할 것인가를 두고 갖은 궁리를 해보기도 했다. 하지만 그게 전부였다. 그렇게 이어진 일의 결과는 세상 평균율을 수동적으로 좇는, 잘 짜인 기성 가공품과 하등 다를 바 없는 것이었다. '내'가 아니어도 누구나 쓸 수 있고 찍을 수 있다는 점을 알았을 때는, 엄습하는 자괴감에 내 스스로가 '더럽다'는 극단적인 생각까지 들었다.

바로 이 마을 상황을 처음 만나던 1990년대 중반에 이를 무렵은 이런 고민이 극에 달하던 때였고 갈등하던 시기였다. 마을 현실을 저만치 두고 해거름 장면을 섞어가며 '평화'를 말해버리든가, 아니면 곧이곧대로 마을 사람 속내를 드러내든가 하는 갈림길에 놓여 있었던 것이다. 마을 점방과 국밥집을 오가며 술을 마시는 일이 여러 날 이어졌다. 그런 와중에도 한 해 살림을 김 양식에 죄 건 마을 사람들 처지는 곁눈으로라도 선연히 들어왔다. 지나치게 절박해보이는 그이들 모습이 익히 보여주려 했던 '평화'와 대놓고 대조적이라는 생각이 만만찮은 느낌으로 다가오던 시간이었다. 그것은 실로 전쟁에 다름 아니었다.

취재와 촬영 방향은 어느덧 잡히는 듯했다. 이야깃거리가 되기에도 충분하다며 나를 합리화해가는 수순도 순탄하게 이어졌다. 급기야 절박한 내용은 주간지에 내고, 이를 극복해가는 부분은 '휴먼 스토리'로 다루면 무난할 거 같은 생각이 들었다. 그러나 그렇게 하겠다고 해서 일이 되는 게 아니었다. 이 '바닥'에서 '휴먼 스토리'로 가는 데는 공식처럼 따라붙는 조건이 있어야 했다. 당장 고통스러워도 언젠가는 이겨낼 거라는 믿음, 그것은 바로 '희망'이었다.

바닷물이야 어쩔 수 없는 일이라 해도 병과 파래는 사람 힘으로 어찌해볼 만했다. 이 과정은 '극복과 희망'을 염두에 두고 달려든 나에게 중요한 취재 포인트가 되기에 충분했다. 하지만 파래가 김에 달라붙지 못하게 갖은 방법을 써보았지만 수고에 대면 효과는 미미했다. 그렇다고 단방약이 없는 건 아니었다. 산(酸)이 해결책이었는데, 나라에서는 해양오염 걱정이 덜한 유기산(구연산)을 쓰도록 법으로 정해 시간 날 때마다 권장하고 지도한 게 그즈음 물정이었다. 그러나 값이 비싸고 효과도 단박에 나타나지 않아 마을 사람들은 값싸고 바로 효험을 보는 무기산(염산)에 더 끌리고 있었다. 특히 파래처럼 잡태가 달라붙는 현상을 일거에 물리치고 오로지 검은 김만 생장하게 길을 트는 데 무기산은 더없는 효자였다. 하지만 무기산으로부터 완벽에 가까울 만큼 보호를 받은 검은

지지난 여름 발생한 황반병으로 김 양식에 실패하면서 서 씨는 부쩍 시름에 잠기는 일이 많아졌다. 그만큼 수온이 빠르게 올라간 셈인데 사람들은 그 무렵 불법이었던 무기산까지 써보았지만 폐사하고 말았다고 했다. 다행히 작년은 별 병해 없이 넘겨 김을 거둘 수 있었다며 어촌 계원들은 시름 가운데서도 웃음을 보였다.

김은 스스로의 자정과 저항능력을 잃는 결정적인 허점이 있었다. 결국 해가 갈수록 병해에 약한 김이 되었고, 급기야 황반병과 같은 갖은 병해가 돌아 집단 폐사하고 말았던 게 저간의 이 마을 어촌계 현실이었다. 아무리 그래도 '극복'이라는 지푸라기, 아니 '희망'이라는 끈을 나는 이 마을 어디에서고 반드시 찾아내야 했다. 술잔을 돌리던 어촌계 작업방에서도 예외는 아니었다. 이따금 웃는 낯을 짓던 그이들 모습을 좇아 셔터를 눌렀지만 결과는 아무것도 아니었다. '희망'을 찾는 일이 '평화'보다 더 어렵게 느껴지기 시작했고 무엇이 '희망'의 끈인지조차 가물거리기만 했다.

나는 열흘을 넘기지 못하고 마을을 떠났다. 어디를, 내다볼 수 없다는 게 무엇을 말하는지를 어렴풋 알아갈 무렵이었다. 애먼 필름만 쓴 빈 통들이 자동차 뒷자리에서 자동차가 흔들릴 때마다 딸각거렸다. 당장 펑크 날 원고가 걱정이었지만, 나는 편집자와의 전화 통화에서 마을 부근에 있는 왜성倭城을 다루기로 벌써부터 합의를 한 상태였다. 편집자는 오히려 잘됐다며 쌍수를 들었고, 나는 한동안 '도락구' 박 씨처럼, 오호츠크를 말했던 최 선장을 만날 때의 추억처럼 그이들을 시나브로 잊었다. 마을을 닮은 양식장을 두른 바다를 지나칠 때도 애써 외면하지는 않았다. 결국 돌아가야 할 대상이었고 언젠가는 찾아야 할 '희망'이어서 더욱 그랬다. 돌이켜 보면, 그 무렵 서 씨를 비롯한 마을 사람과 사진기를 들었던 나는, 욕심 어린 혼돈의 바다에서 스스로를 놓쳤던 셈이었다. 그리고 다리마저 잃는 아픔을 서 씨가 겪은 게 분명해보였다.

흰색 목욕탕 타일로 마감한 조리대는 생각보다 깔끔했다. 삼십여 년 전 생선 내장 따던 작업대가 아낙의 재치로 조리대로 바뀐 셈인데 바로 위에 달린 백열전구 빛으로 타일 바닥은 은은한 붉은 빛이 감돌고 있었다. 덤으로 내온 개불에 두어 잔 소주를 비울 무렵 아낙이 생선 술국을 끓여 내왔다.

다시 찾아온 그날 새벽, 서 씨는 여러 가지 말을 들려주었다. 언뜻 잠언처럼 여겨졌는데, 늙은이가 젊은이에게 들려주는 삶의 지혜로도 가치가 있다는 생각이 들었다. 말하자면, 무기산을 쓴 건 언 발에 오줌 누기나 다름없었다는 게 이이의 생각이었다. '지—이가 스스로 커야' 제대로 된 '꺼먼' 김으로 자랄 수 있고, 그래야 흰쌀밥 위에서 옳게 맛을 낸다는 게 이이가 얻은 결론인 듯했다. 언 발에 오줌 눈 건 마을 사람뿐만 아니라 바로 나도 함께, 푸르죽죽하게 언 내 발에 눈 건 아니었을까 하는 생각이 스멀거리듯 등가로 미쳤다. 서 씨가 그 이야기 마다마다에 낸 큰 목소리는 나무로 된 천정 트러스를 울리기도 했다. 그러나 지난 오 년 전의 날선 고집은 이미 아니었다. 아침볕에서 졸다 말다 반복하던 과수댁이, 그때마다 토끼눈을 떴지만 누구도 말참견할 사람은 그 시간에 없었다. 나는 어느덧, 이른 아침에 맛보는 잔술이 생각보다 의미 있다는 점에 놀라워했다.

아침 바다를 몇 장 찍고 방으로 들어왔을 때 건넌방의 서 씨는 없었다. 앞 뒤 볼 거 없이 주막으로 길을 잡았다. 가는 길엔 양식장으로 나가는 계원들이 껄껄 웃으며 말참견을 했다.

"쪼까 있다 오소. 통발에 잡것들 쪼까 걸렸을 꺼셔. 같이 허드라고."

서 씨는 주막 조리대에 앉아 그이 말마따나 '모닝코피'를 마시고 있었
다. 나는 가만히 다가가 서 씨 옆에 앉아 소주를 주문했다. 쪼글한 주름

을 온 얼굴에 훈장처럼 새긴 과수댁이 버릇처럼 개불과 술국을 내왔다. 이어 굴과 달걀을 푼 김국이 구수하게 끼치는 틈에 햇살이 미쳐왔다. 아침이었다.

김 양식장에서 오 리쯤 떨어진 곳에 간이 선창이 있었다. 정박 시설이 없어서 배는 바다에 닻을 내리고 작은 뗏목을 이용해 뭍으로 나왔다. 잡아온 물고기도 이때 뗏목에 실어 나왔는데 이 물고기를 사려고 도회에서 제법 많은 이들이 몰려들기도 했다. 서 씨는 가끔 이 선창에 나와 물고기를 사서 과수댁에게 갖다 주기도 했는데 그것은 내가 보기에도 매우 합리적인 거래였다. 물고기 반은 조리를 하거나 날것으로 내놓고 나머지 반은 서비스를 제공한 대가로 과수댁이 갖는 것이었다. 뱃사람들도 이미 서 씨의 형편을 아는 터여서 물고기는 시세보다 더 얹혔고 그만큼 과수댁에게 돌아가는 몫도 컸다.

럭키

이이가 사진사로 살아왔던 이야기를 들려줄 때는 별
스럽고 색다르며 재미난 내용이 많아 무척 흥미로웠
다. 여러 기념 촬영 가운데서도 약혼식이 가장 대접
받고 보수가 후했다는 말은 특히 구미를 당겼다. 결
혼식보다 약혼식을 더 중요하게 쳤던 시절이었고 그
것은 세상에 둘도 없는 '약조'여서 '다 된 밥을 먹'는
결혼식보다 더 엄숙할 수밖에 없었다고 한다. 당연
히 그 자리에 있던 사진사는 증인 중에 증인이었던
셈이다.

이이를 처음 만난 날, 익숙하게 보던 기계가 눈앞에 있었다.

그러니까 사진을 처음 익힐 무렵, 어둑한 암등 아래는 항상 신비스러운 세상이 펼쳐졌다. 호리병 모양으로 탁자 귀퉁이에 놓여 있던 흑백 확대기가 호기심을 불러일으키는 데 으뜸이었다. 딸깍하는 타이머 소리마다 호리병 기계는 이야기를 쏟아냈고, 나는 마른 침을 삼키며 약품 그릇에 담겨 올라오는 모습들을 뚫어져라 내려다보곤 했다. 때때로 목소리가 들려올 것 같은 믿지 못할 체험을 할 적도 있었다. 사진 속 인물들이 하고 싶어 했던 이야기로 여겼으나, 그것은 교도소 유리벽 면회처럼 가닿을 수 없는 저만치였다. 그렇더라도 세상에 머물고 담겨 있을 갖은 이야기를 불러오는 거간꾼 노릇을 해내는 덴 더없는 일등 공신이었다. 인화지에 빛을 쪼여 현상액에 담글 때마다 멈춘 시간과 공간을 생생하게 살아나게 했던 마법 같았던 기계. 그 무렵 그 세계로 빠져 들어가는 일은, 더운 욕조에 서서히 몸을 담그는 일보다 더 나른한 행복감을 주었다.

이이를 만난 날 무례인줄 알면서도 기계 가까이 다가가 보았다. '럭키'라는 오래된 상표를 단 흑백 확대기였다. 밀가루처럼 고운 먼지를 제 세월만큼이나 머리에 이고 있는 게

그이의 집, 사진관 뒤란으로 한 움큼 정도 되는 왕대 대나무가 자라고 있었다. 촘촘한 대나무 숲은 닭이나 오리가 삵과 같은 육식성 동물로부터 몸을 숨기기에 알맞고 알을 낳고 품는 데도 더없는 장소라고 할 수 있다. 지난 겨울을 이기고 봄에 이른 터라 줄기는 더없이 연한 빛깔이었다. 윤 씨는 대 줄기가 짙어지면 여름이 가깝다고도 했다.

그저 처연해 보였다. 내가 익힐 때보다 삼십여 년은 더 앞선 기계여서
무디어진 호기심이 다시 살아날 것도 같았다. 낡고 고된 느낌을 지울 수
없기는 했다. 그래도 네거티브 필름만 걸면 언제든 오래되고 낡은 시간
들을 지금이라도 토해낼 거 같은 게 오래전 처음 확대기를 만날 때 같던
흥분이 일었다. 실핏줄처럼 번진 확대렌즈의 곰팡이도 그렇게 문제될
건 없어 보였다. 이 기계는 정말 '럭키'라는 상표대로 행복을 잇는 거간
노릇을 했을까를 궁금해했던 거도 같다.

그렇지 않아도 오늘은 괜한 맘이 들어 애가 쓰였다. 유명 사찰을 낀 관광지에서 사진사 노릇을 하고 내려온 지금, 이이가 손에 쥔 돈은 이만 원이었다. 즉석사진 필름 값을 빼면 별반 남을 거도 없는 하루벌이였는데도 어린애처럼 천진해 보였던 게 되레 이상할 지경이었다. 전날도 그랬고 오늘도 그랬다. 국보급 문화재를 둘이나 갖고 있는 절집을 구경 온 이들은 제법 많았다. 하지만 그에 못지않게 죄 사진기를 지녀서 사진사를 따로 불러 사진을 찍어보겠다는 이는 아무도 없었다. 점심을 절에서 얻어먹고 두어 시간 지나면서 어수룩한 촌부들을 만나지 못했다면 꼼짝없이 공칠 판이었다.

그러고 보면, '럭키'가 있는 사진관 어두운 방 맞은편은 출입구였다. 격자형 창이 뚫려 있어서 항상 밝은 볕이 드는 곳이었다. 눈길을 끌었던 건 그 햇살을 안고 작은 교자상만한 나무 책상이 놓여 있다는 점이었다. 지금이라도 흰 보자기를 씌우고 잉크병과 펜대, 그리고 갱지를 묶은 공책을 올려놓으면, 당장이라도 앉고 싶은 맘이 들 정도로 책상은 정감 있었다. 확대기를 처음 만질 무렵뿐만 아니라 지금까지도 나는 그런 책상을 가진 적이 없었다. 이따금 촌 관공서를 찾아가 취재 협조를 구할 때면 말단 면서기가 나무 책상을 자랑스레 앞에 두고 나를 맞곤 했던 기억이 편린처럼 존재할 뿐이다.

농사일을 겸업하는 이이는 가까운 관광지에서 즉석사진으로 생계를 잇기도 했다. 사진관으로 사진을 찍으러 오는 이는 가물에 콩 나듯 하지만 그래도 농한기에 관광지에서 찍는 즉석사진은 살림을 꾸리는 데 더없는 도움을 준다고 했다. 하루 벌이는 일이만 원에 지나지 않았는데도 이이는 무척 만족한 낯을 지었다.

출입구 책상가에서 보면 '럭키'와 8인치 대형 카메라가 일렬로 눈에 들어왔다. 나는 이이와 대화를 나누면서도 가끔 자리에서 일어나 '럭키'와 8인치 카메라를 살피며 놀라워하기도 했다. 헤아리기 어려운 시간과 공간이 알 듯 모를 듯 살갗에 끼쳐올 때면 마치 젖은 손으로 전깃줄을 잡는 기분이 들었다. 이이는 그런 내 모습을 책상에 앉아 물끄러미 쳐다보며 웃기도 하고 가끔 격자형 창밖으로 눈길을 주기도 했다. 물론 나도 그런 모습을 훔쳐보기도 했다. 그러면 이따금 책상에 앉아 있는 늙은이 모습이 제법 어울려 이 큰 사진기로 다리를 꼰 전신을 책상과 함께 찍고 싶은 충동이 일기도 했다. 하지만 사진기는 이미 오래전 작동을 멈춘 상태였다.

　물론 '럭키'도 제 기능을 잃은 것은 마찬가지였다. 나는 그것을 세월 탓이라고 단순하게 생각했다. 그리고 사진 박물관이나 갤러리에 가져가면 꽤 값을 쳐줄 거라는 생각도 들었다. 그러면서 처음 썼던 내 오래된 확대기를 강냉이 두 근에 고물장수에게 넘긴 지난 일이 후회스럽게 떠올랐다.

　'럭키'를 등진 채 책상가로 다가갔다. 이이가 오늘 일과를 마쳤으므로 서두를 일은 없었다. 의자가 있는 바닥에서 다시 한 번 삐걱거리는 마룻바닥 소리가 났다. 이이가 했던 것처럼 책상 의자에 앉아 '럭키'와 8인치 카메라를 쳐다보았다. 찍고 모습을 드러냈던 오래된 기계 둘이 어느덧 신화가 된 듯 어둑하게 서 있었다. 내가 듣고 담은 이야기와 저 오래된 신화가 담아낸 사연은 그 세월만 한 거리로 차이가 날거라는 생각이 불현듯 들었다.

책상 서랍을 다시 열어 보려는데 커피를 내왔다. 이이를 처음 만나 며칠 지나면서 자연스럽게 내오던 인스턴트 커피였다. 블랙으로 끓여 내온 커피가 때마침 열린 서랍 안에 켜켜이 쌓인 흑백사진들과 묘한 대조를 이루는 평화로운 시간이었다. 그러면서 한때 시절, '럭키'가 해낸 무수한 사연들이 드러나는 순간이기도 했다. 처음 서랍을 열어본 날, 커피잔을 들고 다른 한 손으론 사진들을 조심스레 뒤적여 보았다. 무심하게 스치는 손길에서 사진 속 많은 이들이 전쟁 통을 찍은 영화필름처럼 하찮게 얼굴을 드러내다 서랍 속 어두운 곳으로 사라지곤 했다. 그 가운데 젊은 남녀가 박힌 명함판 크기 사진 한 장을 창문으로 들어오는 햇살에 비춰보았다. 정착액이 덜 씻긴 탓에 사진은 지난 오십 년 넘는 세월에 누렇게 변해 있었다. 그런 가운데 건장해 뵈는 마른 몸집의 청년이 눈에 띄었다. 쾡한 눈의 처녀를 내외하듯 곁에 두고 근엄한 낯으로 제 상반신을 드러낸 사진이었다. 사진 아래 글귀가 낯설게 눈에 들어왔다.

'사랑의 맹서'

그날 왜 그랬는지 모르지만 피식 웃음이 나오면서 나는 다른 것들을 뒤적였다. 전장에 나가는 젊은이처럼 제법 비장한 표정을 짓고 있는데다 눈을 부릅뜬 것이 결기가 있어 보이는 사진이 손에 잡혔다. 이 사진도 예외 없이 '인내는 쓰고 성공은 달다!'라는 작은 글씨가 박혀 있었다. 사진 속 젊은이는 반드시 성공해서, 마치 논 닷 마지기를 사고야 말겠다는 당찬 포부를 내보이는 것도 같았다. 커피가 식어가는 짧은 순간에도 '럭키'가 토해낸 많은 사진이 손끝을 스쳐갔다. 사진들이 볕에 드러났던 시간은 말 그대로 찰나에 불과했다. 하지만 내가 신경 쓸 일은 아니라고 생각했다. 이미 넘어간 시대였고 오늘을 사는 세대 눈으로 보자면 더없이 촌스러울 뿐이었다. 커피 한 모금이 입술 끝을 적시면서 나는 '럭키'가 그렇게 대단치 않을지도 모른다는 생각을 했다.

이윽고 사진을 뒤적이는 건 의미가 없다는 생각이 스멀거렸다. 마침하게 커피도 한 모금이면 다 마실 터였다. '인내는 쓰고……' 같은 사진은 이 시대에 딱 그만큼의 시간과 추억이면 족할 거라는 생각도 들었다. 나는 커피잔을 내려놓으며 어색하지 않게 마무리 수순에 들어가려고 했다. 그럴 즈음, 막 닫으려는 어두운 서랍 속에서 볕을 받는 사진 한 장이 눈에 띄었다. 이제 초등학교에 입학할 나이로 뵈는 계집아이가 홀로 찍힌 사진이었다. 태어나 사진기를 처음 본다는 표정을 짓고 있는데 얼핏 상기된

그이의 8인치 사진기를 거쳐 간 이들은 셀 수 없이 많았다. 그 사진만큼이나 이야기가 많았으나 죄다 듣기에는 무리가 있었다. 그러면서도 결혼이나 회갑 같은 날 마을로 찾아가 사진 찍던 이야기를 할 땐 어린아이처럼 즐거워하며 밤을 샜다. 사진 속 아이는 1960년 초 찍은 계집아이라며 토를 달다가 어미가 팔자를 고치려고 떠날 무렵 배앓이로 죽었다며 혀를 찼다.

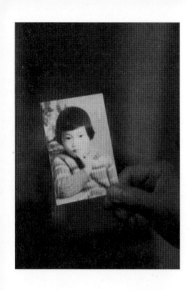

듯도 보이고 어딘가 모를 두려움을 안고 있는 거도 같았다. 커피를 마저 마시고 사진을 보여주며 아이의 신상과 환갑이 되었을 지금쯤의 근황을 물었다. 하지만 그러면서도 나는 그날 건성이었다. 큰 의미를 두지 않았고 더구나 답변을 기대한 것도 아니었다.

'럭키'를 등지고 철제 의자에 앉아 있던 이이가 안경을 고쳐 쓰고 있었다. 책상가로 다가와 사진을 받아드는 눈이 반짝였다. 누구이고 어느 마을에 살았는지 아는 눈치였다. 사진관에서 한 마장쯤 떨어진 곳에 아이가 살았다는 말을 들은 건 커피를 거의 마셔갈 무렵이었다. 이미 날이 저물었고 시장기가 밀려오던 시간이었다. 우리는 그날 사진관이랄 것도 없는 사진관을 나와 읍내 백반집으로 자리를 옮겼다. 콩나물 무침, 느타리버섯과 호박 볶음, 꼴뚜기젓이 찬으로 나오고 달걀부침과 아욱국이 곁들여진 음식 차림은 '럭키'가 해낸 일만큼이나 푸짐했다. 우리는 누구랄 것도 없이 소주를 시켰다.

이이 뇌리에 간직된 기억은 뜻밖에 섬세했다. 무심코 썼던 '술회'라는 말이 뭘 뜻하는지 새삼스레 절감하는 시간이 저녁시간을 넘어 밤까지 이어졌다. 이를테면, 사진 속 인물들에 관한 것이었다. 이제야 비장한 결심을 마쳤다는 표정으로 사진관을 찾아왔다며 당대를 회고했던 것이다. 무엇 때문에 그이들이 그런 낯을 지으며 '배경지' 앞에 앉아 8인치 카메라를 응시했는지 이녁은 모른다고 했다. 하지만 나는 이이가 알면서도 말할 필요를 굳이 못 느끼는 게 아닌가 하고 생각했다. 그러면서도 그이들은 한결같이 글귀를 넣어달라는 말에 매달렸으며, 그말을 끝으로 입을 다문 채 눈을 부릅떴다고 했다. 입을 앙다물지 말고 눈을 치켜뜨는 것을 애써 말려도, 그이들은 어느새 그 낯으로 돌아와 현상액 속에서 굳어버렸다며 술잔을 비웠다.

　아이 할배가 소작으로 기대는 어려운 살림의 여식이었다고 했다. 말하자면, 예닐곱 달치 호구에 불과한 '도지꺼리'여서 나머지 대여섯 달을 그저 '송구'죽이나 동냥으로 잇지 않으면 안 될 만큼 비루한 처지였다고도 했다. 얼핏 낯을 가리며 찍힌 듯했지만 사진을 자세히 들여다보면 귓가에서 볼로 핀 버짐 자국은 아이의 형편을 설명하고도 남았다. 그런 아이가 배앓이를 시작한 건 사진을 박고 간 다음 날이라고 했다. 마지막 지리산 토벌 때 아비를 잃은 아이는 어미가 다른 궁리를 찾아 떠나면서 홀로 남겨지게 되었다는 말도 조심스러웠다. 그리고 열흘 만에 찾아온 어미가 다시 집을 떠나며 이 사진을 박은 것인데 아이는 이튿날 시작한 배앓이를 일주일 남짓 앓다가 죽었다는 것이 이이가 기억하는 내용이었다.

나는 커피잔을 받아들고 책상 서랍을 열었다. 그날처럼 누런 빛깔 사진들이 다시 볕에 드러났다. 사진을 만지작거리며 나는 이 책상에 쌀뜨물에 가까운 흰색이거나 아니면 누런 보자기를 씌우면 좋겠다는 의견을 냈다. 그러면 청요릿집 엽차잔 같은 이 커피 컵도 덩달아 어울릴 거라며 너스레를 떨었다. 물론 아이에 대한 이야기는 이 시간에도 간간히 끊기다가 이어졌다. 그리고 말끝 무렵, 아무렇게 쌓여 있는 사진들을 마치 엽서 추첨하듯 한 장 집어들며 넌지시 물었다.

"이 사람들 지금도 살아 있을까요?"

이이는 냉장고를 열고 반쯤 남은 페트병 소주를 꺼내 보이며 대답대신 웃어 보였다. 농사일을 함께하는 거리의 늙은 사진사는 늘 하던 대로 철제 의자에서 일어나 평화롭게 웃으며 책상 앞으로 다가왔다. 그리고 내 말을 따라 누런 보자기를 까는 게 좋겠다는 말을 진심으로 건넸다.

그즈음 서랍 속 사진들의 글귀가 눈길을 스쳤다.

'인내는 쓰고 성공은 달다!'

그리고 다시

이이가 들려주었던 이야기는 사진관 에피소드를 넘어 당대를 증언하는 이야기에 다름 아니었다. 근현대에 빚어졌던 질곡 어린 아픔이 사진이 찍힐 때마다 인물의 얼굴에서 드러났다며 직수굿이 한숨을 쉬기도 했다.

　'사랑의 맹서'

　우리는 커피를 마셨던 고동색 팔각 사기잔에 술을 따랐다. 이미 김이 빠져 버렸을 법했지만 성가신 맘이 들지 않은 게 오히려 이상한 일이었다. 단 숨에 잔을 비우면서 어느덧 서랍 속으로 섞여 들어가 버린 아이 사진을 찾으려고도 했다. 저릿한 술기운을 머금고 창가로 다가갔다. '예

닐곱 달 치 호구에 불과한 도지꺼리'라는 말이 귓가에서 웅웅거렸다. 수
확을 앞둔 보리가 풍요롭고 너른 들에서 누렇게 익어가고 있었다. 저 들
너머 어디메쯤 여름이 숨어 있는 게 분명했다.

그이를 만나고 돌아가면서 나는 굳이 높은 고개를 택했다. 남원으로 가는 시원한 길이 열려 있었으나 그 길을 마다한 건 오로지 이 고개에서 그이가 사는 고장을 살펴보려는 욕심에서였다. 꾸역꾸역 산길을 올라오는 동안 날이 저물었고 이내 어둠이 지쳐왔다. 그러는 새 저 먼 외딴집에서부터 점점이 불이 들어왔고 이이가 살아온 고을도 가뭇하게 어둠에 묻혔다.

사랑

병사와 처녀는 꽤 오랜 시간 수평선을 내려다
보며 서로의 처지를 이야기했다. 혼기에 이른
처녀는 병사의 가족에 대해 궁금해했고 병사
는 이따금 웃으며 제 형제와 아비에 대해 들려
주었다. 간혹 당혹스러운 점도 있었지만 처녀는
병사를 제법 사랑하는 눈치였다. 그리고 내 사
진기도 의식하지 못할 만큼 진지했다.

주춤한 듯했다. 어제만 해도 백 밀리 가까이 비가 내렸다. 전선은 서남부 지방에서 머뭇거리며 소강상태로 들어갔다. 퍼붓듯 내렸어도 그닥 피해는 없었다. 그래도 고추밭 지지대가 쓰러지고 수확철 산간 감자밭에서 북이 패여 나갔다는 소식을 이 지방 방송은 여러 차례 내보냈다. 뉴스를 듣던 늦은 밤이었다. 텔레비전 불빛이 낙뢰가 떨어질 때처럼 처마 선을 타고 번지던 날이기도 했다.

곁에서, 모로 누워 텔레비전을 쳐다보던 병사의 아비는 그때마다 제 일같이 탓하며 주름진 입가를 딸싹였다. 사실 이이는, 고추와 같은 밭작물을 지어본 게 꽤 오래된 일이기는 했다. 그러나 지나간 세월이었고 이미 돌아갈 수 없는 가슴속 흔적에 불과했다. 어렴풋 짚이는 게 있었지만 그럴수록 병사의 아비는 논으로 나가는 일이 부쩍 잦아졌다. 이 너른 논 천지 개활지에서, 천둥 번개로 위험해 보였던 날에도 아랑곳하지 않았다.

병사의 아비가 사는 쌍용집에서 서쪽으로 길을 잡기라도 하면 약속처럼 바다가 펼쳐졌다. 사뭇 대형 영화관 스크린 같았다. 졸업식을 치르면서 문을 닫았던 염전 가까웠던 학교가 영화의 한 장면처럼 떠오를 적도 있었다. 염전 길을 좋아하던 그 학교 아이들이 운동장을 벗어날 무렵 나타나던 바다와 닮았다는 느낌이 문득 들면서였다. 병사는 그런 바다를 두고 '와—아이드'하다며 총을 다루는 병사답지 않게 엷게 웃어 보일

병사의 아비이다. 1938년 전라북도 남원 효기리에서 태어나 수해민 이주 대책의 하나로 1975년 간척지로 이주하였다. 2남 5녀를 두었으며 2002년 월드컵이 열리던 해 전 재산을 잃었던 남원의 수해, 그리고 고단했던 숟가락으로 논을 파던 시절을 함께 해온 부인과 사별했다.

때가 많았다. 그렇지만 그말은 까닭 모를 울림이 있었다. 그래서 '와—아이드'하다는 표현이 정말 맞는지 불현듯 사실을 확인하고 싶어질 적이 있었다. 특히, 그 폐교된 학교(211~212)에서 염전 길을 거쳐 바다에 이르렀던 아이들도 혹여 그렇게 보지는 않았을까 하는 궁금증도 한몫했다. 나는 사진기 렌즈를 광각으로 바꿔 서둘러 파인더를 들여다보았다. 하지만 바다는 실제보다 더 멀리, 그리고 까무러치듯 아득하기만 했다. 본 모습과 달라 실망스러울 법도 했지만 나는 병사가 큰 꿈을 지닌 멋진 젊은이일 거라고 대수롭지 않게 생각했다. '와이드'하다는 사실 하나만으로도 바다를 좋아할 수 있다는 눈치를 보인 병사가 다시 보였고 부럽다는 맘도 들었다.

물론, 제 탯자리여서 그럴 만하다고 여길 수 있었다. 그러나 달리 보면 납득하기 어려운 점도 전혀 없지는 않았다. 병사의 아비가 즐겨 나가는 들이나 병사가 보는 바다를 너르다는 말만 놓고 보자면 별반 차이가 나지 않아서였다. 병사가 바다를 '와—아이드'하다고 보았듯이 아비가

휴일이면 도회 사람들이 병사가 '와이드'하다고 말한 바다를 찾았다. 바지락 같은 조개를 캤지만 단지 호기심과 재미로 펄 흙을 팔 뿐 욕심은 없어 보였다. 그러다가 재미를 잃으면 해안가 모래로 나와 고기를 굽기도 하고 몇 안 되는 조개를 서로 들어 보이며 키득거리기도 했다. 이 해안으로는 중국에서 오는 밀입국 선박이 많아 바다로 나간 모든 배는 검문을 받아야 했다.

나가던 들도 사진을 업으로 삼는 내가 보기에도 부족함 없이 '와이드'
했다. 더구나 아비의 논이 있는 들은 다른 물상도 아닌 바다를 메운 것
이었다. 작정 없이 가닿는 시선 끝으로 지평선을 내지를 만큼 드넓었고
이제는 기름진 옥토이기까지 했다. 그런데도 병사는 인색했다. 들 복판
을 수직으로 질러 제 집까지 가면서도 '와이드'하다는 말은 입술 끝에도
달지 않았던 게 지난날의 병사였다.

　병사만이 특이했던 것은 아니었다. 그의 아비도 그랬다. 이웃한 둑
너머 두 걸음 지척에 바다가 철벅대는데도 얼씬도 하지 않았다. 심지어
못마땅해 하는 모습을 보인 건 상대를 당황하게 할 만큼 고집스러운 것

이었다. 그런 아비를 오랫동안 이해하지 못했다는 속내를 털어놓은 건 병사였다. 읍내, 항아리를 정지 바닥에 묻어놓고 막걸리를 팔던 오래되고 낡은 집에서였다. 이야기를 들으면서 나는 장유유서에 부자유친을 머릿속에 되뇌며 자연스러운 수순에 병사가 접어들었다고 생각했다. 휴가를 나온 지금, 그 맘이 설핏 누그러졌다고 했지만 그래도 아비를 받아

들이기에는 이른 나이라고도 생각했다. 더군다나 칠남매 가운데 막둥이
였고 아비와는 무려 오십 년 가까운 연륜의 오작교가 놓여 있었다.

　병사의 아비를 알게 된 건 꽤 오래전 일이었다. 병사 말처럼 '와이드'
한 개념조차 잡지 못하고 간척지 사람들 말끝과 장화 뒤꿈치만 곱살스
레 쫓아다니며 사진을 찍던 시절이었다. 넓다 못해 망망하기까지 했던

이 너른 곳에서 우연찮게 마주친 간척 개척비를
보면서도, 나는 이 땅과, 그리고 면전의 바다가
얼마나 '와이드'한지 단 한 차례도 깨치지 못하
고 있었다. 고속도로 준공기념탑이나 전쟁 전적
지 우뚝한 탑에 견주면 초라한 것이기는 했다.
그렇지만 나름대로 현대식 모양을 지니고 있어
서 들판 어디에서고 도드라져 눈에 띄었던 건 쳐
줄만 했다. 나는 사진거리가 필요했고 딱 그만
큼만의 눈길을 가진 시절에 맞춤한 피사체가 바
로 개척비였던 셈이다. 그러면서도 그늘진 쉴 곳
이 필요했다. 곳곳에 시멘트로 지은 모정이 있었
지만 탑이 있는 작은 공원이 더 나을 거 같았다.

간척지는 지평선이 보일만큼 넓었다. 병사의 아비는 이 땅에 숟가
락으로 땅을 파 모를 심었다고 했다. 언뜻 이해되지 않는 이 말은
지금 사진에서 보듯 옥토로 바꾸는 데 이십여 년 가까운 세월이 흘
러야 했다. 소금기로 절여진 딱딱한 땅에 모를 내는 일을 두고 병사
의 아비는 '사정이 절박한데 뭐 가릴 게 있냐'며 웃기도 했다.

나는 천천히 탑에 쓰여 있는 글자를 읽어나갔다. 한글 명조체로 쓰인 글씨가 오후의 누런 햇살을 천연덕스럽게 받아내던 시간이었다.

바다 반대쪽 간척지는 이미 오래전 나의 삼 년 취재계획에 잡혀있는

간척지를 가로지르는 길로는 다방 레지, 참을 실은 오토바이, 각종 농가구나 약제를 실은 농촌형 트럭들이 오갔다. 그러면 말 그대로 허연 먼지가 일었는데 길가 포플러로 내려앉는 모습이 무척 인상적이었다. 해질 무렵이나 아침 일찍 이 길을 걷는 맛이 단연 빼어나 나는 언제랄 것도 없이 이 길에 빠져 들었다.

것이었다. 여러 자료를 찾아보며 밑작업을 해놓으려 했지만 도대체 진행되는 게 없었다. 이야기 실마리를 잡는 데 어려운 점이 많았던 테마였지만 욕심을 내볼 만한 것이어서 포기할 수도 없었다. 그래서 장기 주제로 넘기려는 맘도 은근히 품었던 터였다. 그런데 연재하던 잡지사에서 말이 들어왔다. 간척에 대한 문제가 새롭게 여론으로 부각될 거 같다는 정보를 은근히 흘려준 것이다. 괜한 조급증이 일었다. 정보력이 한 발 뒤지는 잡지사가 낌새를 챌 정도라면 신문과 방송은 이미 쓴맛 단맛을 가려내고 있을지도 모를 일이었다. 이는 내 생계가 걸린 문제였다. 내년 연재 지면을 확실히 잡아두려면 설득할 만한 이야기가 있는 기사를 호소력 있게 먼저 내야 했다. 하지만 준비된 건 과거 신문자료 몇 장과 정부 통계 몇 줄이 전부였다. 살갗에 와 닿는 육성이 필요했으나 난망한 일이었다. 나는 그만큼 절박했다.

이렇게 궁지에 몰릴 때 내가 쓰던 단방약은 단 하나였다. 무작정 찾아가 그곳에서 잠자고 밥을 먹으며, 죽이 되든 밥이 되든 배회하듯 걸어다니는 것이었다. 이는 시간이 많이 걸리고 지나치게 고단하다는 단점이 있었다. 더구나 괜한 오해나 의심을 받아 이리 가서 해명하고 저리 가서 조아리는 고충도 감내해야 하는 일이었다. 조직과 정보력을 가진 거인들과 마주설 수 있는 유일한 수단이어서 포기할 수도 없는 노릇이었다. 그렇지만 이 방법은 묘약 그 자체였다. 고루했던 생각을 비약적으로 끌어올리며 이야기의 핵심에 다가가 폭과 깊이를 담아내는 덴 더할 나위 없는 비책이었던 것이다.

간척지를 배후에 둔 읍내로 처음 들어올 때는 새마을 운동도 비켜난 곳이 예가 아닐까 의심이 들 만큼 퇴락해 있었다. 그나마 나은 곳은 약국이었고 미장원 철물점 양품점 과자점 할 거 없이 정체된 시간 그대로였다. 특이했던 건 병사의 아비가 바로 이런 과거의 시간에 머무른 이 읍내를 제 탯자리처럼 위안을 받는다는 점이었다. 내가 보기에는 불편하기 짝이 없고 세련되지 못할 뿐인 읍내 풍경이 어떤 이에게는 큰 안식으로 다가간다는 점에서 나는 적잖은 충격을 받았다. 왼쪽 사진은 간척기념비이다.

개척비에 쓰여 있는 글을 간추리면 대게 이러했다.

'섬진 댐 수몰로 이주를 시작한 지 십 년이 되었다. 이곳 정착지에 올 세대는 당초 2,700여 가구였다. 간척이 마무리돼 최종 정착한 세대는 400여 세대(실제 150세대)이다. 궁벽한 산간부락 고향을 떠난 아픔을 피눈물 피울음으로 여기에 쏟았다. 다시 희망의 불씨를 가열하여 간척지는 희망으로 펴 옥토가 되었다.

이를 기념하여 비를 세운다.

1977'

　　개척비를 본 날은 막차 타고 내빼버린 마누라를 찾는 심정이었다. 이주 당시 지은 대덕집, 쌍용집, 미관주택 정착촌과 들판을 온종일 쏘다니다가 개척비를 보게 된 것이었다. 치오르는 갈증을 억누를 무렵 우웅하고 기계 소리가 들려왔다. 발치라고 할 만큼 가까운 거리였던 거 같다. 바로 아래 논에서 비료 살포기를 조작하던 꾸부정한 늙은이를 보게 된 것이다. 김장용 고무장갑 같은 노란 장화를 신고 이제 논두둑으로 막 올라온 모습이었다. 나는 망설일 거 없이 늙은이에게 다가갔다. '와이드'라는 단 한마디로 바다를 일갈했던 병사의 아비였고 그이의 탯자리는 예서도 이백 리는 족할 동쪽의 땅 임실이었다.

　최대 삼십여 미터까지 알갱이를 보낼 수 있는 동력살포기는 병사의
아비에게도 낯선 것이었다. 기껏해야 서너 두락 정도 되었던 비알밭에
비료살포기는 사치스러운 것이었다. 땅도 옹색하거니와 호기를 부려 살
포기를 쓰면 밭을 넘어 밭 밖 산비알로 날아가 버려서였다. 그래서 처음
이곳 논농사를 시작할 때는 손으로 일일이 비료를 주었는데 이제는 그
땅이 너무 넓어 초장부터 어림없는 일이 되고 만 것이었다. 그만큼 논은
넓다 못해 드넓었고 실제 단위 경작 면적도 온 나라에서 으뜸이었다. 그
러나 그렇게 벼가 자랄 수 있을 때가지 이네가 겪었던 고초는, 중앙아시

아로 이주했던 카레이스키에 견주어도 결코 모자람이 없는 것이었다.

병사의 아비는 첫 대면에서 스스럼없이 맹물이 아닌 미숫가루 물을 건넸다. 얼려온 미숫가루 달큼한 물이 목젖을 적실 때, 나는 그제야 들이 넓다는 걸, 아니 아득한 저 너머에 지평선이 있다는 걸 비로소 헤아리게 되었다. 그렇게 며칠을 돌아다니며 본 것인데도 전혀 다른 모습이라는 점에 나는 놀라워했다. 도대체 어떻게 이 너른 들이 경작지가 되었는가에 호기심과 함께 잔잔한 경이로움을 갖게 된 건 지금 생각해도 커다란 행운이었다. 그것은 '와이드'에 대한 새로운 발견이었고 나를 여물게 했던 소중한 깨달음이었다.

달큼한 맛이 입안으로 번질 즈음, 좀 더 먼 지평선 끝으로는 수평선이 경계를 이루고 있었다. 그것은 무척 신기한 일이었다. 뭍과 바다로 분명하게 나뉘었지만 뒤집어 보면 망망한 수평선과 지평선이 섞인다는 공통점도 있어서 더 그랬다. 그리고 나는 병사의 아비 집에 머물면서 이곳에 처음 정착할 무렵의 이야기를 듣게 되는 기회를 얻게 되었다. 때로는 미숫가루를 얻어 마셨던 날처럼 논두둑에서도 이야기는 이어지기도 했다. 별나다고밖에 할 수 없지만 병사의 아비가 들려주었던 이야기는 땡볕인 자리에서조차 흥미롭게 들려왔다. 이를테면 정착지를 뿌리째 옮겨야 했던 지난한 사연에 대한 것이었다. 지금으로선 짐작도 하기 힘든 그이의 경험이어서, 다큐멘터리라는 내 직업과 방법에 대해 그날은 새

읍내와 제법 떨어져 있고 넓디넓은 간척지에 마을이 있어서 생필품을 구하는 덴 다소간의 어려움이 있었다. 그래서 반찬과 부식을 파는 차나 농가에서 필요한 여러 철물을 파는 차, 그리고 그릇 따위를 파는 상인들이 하루가 멀다 하고 찾아왔다.

로운 생각을 하게 했던 순간이도 했다. 그것은 막다른 길에서 선택해야 했던 정착에 대한 문제가 얼마나 절박했는가를 깨치게 했던 중요한 전환점이 돼주기에 충분한 것이었다.

병사는 분열을 기다리는 연병장의 병사처럼 오래도록 바다를 바라봤다. 곁에 있던 처녀도 모래 개펄이 시원하게 드러난 바다를 처음 본다는 듯 병사와 시선을 나란히 했다. 바닷물이 철벅거리는 부근에서 몇몇 도회 사람들이 조개를 캐는 모습이 먼발치에서 아른거렸다. 아비가 일했던 풍경을 사진으로 담을 때도, 멀리 떨어진 두렁가에서 바라보면 이렇듯 가물거렸다. 그렇지만 한 쪽은 낭만과 감성을 끌어올리는 풍경이었고, 다른 한쪽은 바로 앞의 목숨이 걸린 삶의 풍경이라는 점에서 준엄한 차이가 났다.

어느덧 처녀 손에도 조개껍질이 들려 있었다. 짙푸른 빛깔로 한여름을 견디는 논을 지날 때만 해도 무심하던 처녀였다. 그런데 이 바다에 이르러 강한 호기심과 관심을 내보이며 눈을 반짝이는 처녀가 나는 낯설면서도 새삼스레 여겨졌다. 그러는 가운데 강원도에서 복무하는 병사는 제 눈앞의 시커먼 병영의 산들을 볼 때마다 이 바다가 생각났다며 처녀와 함께 맞장구를 쳤다. 같은 대학 동기로 만나 연인 사이가 된 처녀도 그 말을 들으며 정말 그랬을 거 같다는 듯 고개를 주억거렸다.

처녀가 지나쳐온 들은 병사의 아비가 고향에서 함께 온 이들과 일군 땅이었다. 오랜 시간이었고 견딘다는 말조차 사치스럽게 들릴 정도로 고통이 심했다는 말을 나는 다른 이주자들로부터 이미 듣고 있었다. 하지만 병사 아비는 그 말을 뉴스의 비 소식에 섞어 버리며 대수롭지 않게 넘기려 했다. 그렇지만 병사 아비의 입술은 브라운관 불빛에도 테가 날 만큼 가늘게 떨리고 있었다. 대홍수로 마을이 떠내려가면서 보상으로 받은 땅이 아무것도 자랄 수 없는 소금 투성이 간척지였다는 말도 그 틈을 타 들려 주었다. 뉴스는 그로부터 십여 분 더 이어졌고 계속되던 빗줄기도 이내 잦아들었다.

잠시 주춤한 장마는 반짝 햇살을 드리우다가 이내 해거름으로 다가 왔다. 뭍가와 수평선을 번갈아가며 제 바다를 말하던 병사에게 처녀가 손을 내밀었다. 손에 쥔 조개를 어쩌지 못해 어정쩡한 자세였지만 어려울 것은 없었다. 우리는 바다를 벗어나 다시 들로 접어들었다. 해 지는 서편과 달리 아비가 있는 동편 들녘은 지평선 너머로 이미 어둠이 찾아들고 있었다. 바다를 벗어나 오 분쯤 달리자 점방 불빛이 어른거렸다. 들 한복판에 자리 잡은 열댓 가구 마을에 등대처럼 자리 잡은 마을 구판 장이었다. 칠순을 넘겨 뵈는 할미는 음료수를 찾던 건장한 제복의 청년을 보며 놀라워했다. 연한 은빛으로 세어버린 머리가 파리한 형광빛에 부서지는 새로 할미는 병사의 아비 이름을 입에 올렸다.

"판수…… 강아지 아녀!"

읍내, 막걸리 집에서 이윽고 취기가 오른 병사가 들려주었던 말이 생각났다. 그 무렵 아낙이었을 점방 주인에게 들킨 일들을 소곤거리듯 들려주었던 것이다. 나는 무엇을 들켰다는 것인지 알아듣지는 못했으나 이미 그 일은 추억 저편으로 사위어 있을 것이었다. 눈깔사탕 하나에도

인색했고, 소금기 전 들에만 매달린 아비가 미웠다는 말을 그 말 언저리
에 슬쩍 끼워 넣은 것도 같았다.

그러고 보면 아비의 논은 할미가 있는 점방에서 지근거리였다. 논일
을 하다 음료수나 보름달 빵 같은 참 거리를 샀다던 점방에서 다시 오
리를 더 가면 집이 나올 터였다. 농로를 겸한 길은 바둑판처럼 수월하게

뻗어 있다. 며칠 전 병사 아비와 함께 논을 둘러보던 평평한 길이기도 했다. 그즈음 동반자석에 앉아 있던 병사가 뒷자리 처녀와 내게 말을 걸어왔다. 젊은이답지 않게 가만한 목소리였다.

"숟가락……"

저물어가는 빛으로 빠르게 지나쳐가는 들을 내다보며 병사가 말했다. 그리고 이제 곧 군역을 마친다는 말을 덧붙였다. 아비가 처음 이주해 와 소금으로 굳은 저 땅을 숟가락으로 파 모를 심었다는 전설 같은 이야기를 병사는 이미 알고 있는 게 분명했다.

처녀 손에 들린 아이스크림에서 바스락거리는 소리가 날 무렵, 먼 차창 불빛이 더 투명하게 반짝였다. 장마는 이미 중턱을 넘어 끝물로 치닫고 있을 것이었다. 올벼를 심은 아비 논에 벌써 이삭이 패고 있었다. 광각 렌즈를 달 것도 없이 이미 '와—아이드'한 세상이 병사와 처녀의 눈앞에 펼쳐지고 있었다.

수평선과 지평선을 한꺼번에 볼 수 있는 아름다운 곳이 병사와 그의 아비가 사는 곳이었다. 병장 말년 휴가를 나온 병사는 제 아비의 논일을 거들면서도 이따금 도회에서 온 애인에게 눈길을 주며 웃어보였다. 아비는 그런 아들을 서둘러 논에서 내보냈다. 그리고 닿은 곳이 바로 이 바다였다.

복귀를 하루 앞둔 날 병사와 함께 마을 소속 면 소재지를 찾았다. 서 씨의 김 양식장 마을처럼 8시가 채 안 돼 적막이 감돌았지만 중국음식을 파는 곳이 그 시간까지 문을 열고 있었다. 이미 영업은 끝난 상태였고 식당을 꾸리는 젊은 부부가 양파와 양배추를 손질하고 있었다. 우리는 간단한 음식과 술을 청했고 주인은 불을 '내려서' 어렵지만 남은 짬뽕 국물에 돼지고기를 넣어 끓여줄 수는 있다며 인심을 썼다. 생각보다 맛있었던 '짬뽕돼지고기탕'을 놓고 그날 밤 나는, 병사가 펼쳐갈 '와이드'한 세상을 맘 다해 빌었다.